Os funcionários

Olga Ravn

Os funcionários

tradução
Leonardo Pinto Silva

todavia

*Agradeço a Lea Guldditte Hestelund por suas instalações
e esculturas, sem as quais este livro não existiria*

Estes depoimentos foram tomados para aferir uma perspectiva das relações entre os funcionários e os objetos nas salas. Ao longo de dezoito meses, o comitê entrevistou todos os funcionários e os questionou sobre a relação que mantinham com as salas e os objetos nelas presentes. Analisando objetivamente as respostas, procuramos obter informações sobre as atividades laborais exercidas no local e as eventuais influências que os objetos exerceram sobre os funcionários, além de avaliar se essas influências — ou relacionamentos, se podemos chamá-las assim — resultaram em mudanças permanentes de comportamento, e em que medida essas mudanças afetaram a disposição para o trabalho, a percepção das tarefas executadas, a aquisição de novos conhecimentos e capacidades, bem como seu impacto sobre a produção.

Depoimento 004

Não é difícil limpá-los. O maior, eu acho, emite uma espécie de zumbido, ou é só impressão minha? Não é isso que vocês querem saber? Não sei se era esse o propósito, mas não seria do sexo feminino? As cordas são compridas, entrelaçadas de fios azuis e prateados. Elas a mantêm suspensa com tiras de couro numa cor de bezerro com pespontos brancos aparentes. Que cor têm mesmo os bezerros? Nunca vi um. Da barriga dela pendem uns fiapos vermelho-claros compridos que parecem, como posso dizer, as raízes de uma mudinha de planta? Levo mais tempo para limpar do que os outros. Costumo usar uma escovinha. Certo dia, ela pôs um ovo. Se querem mesmo minha opinião, acho que não deveria ficar o tempo inteiro pendurada assim. O ovo caiu e se esparramou no chão. Bem debaixo dela. Os tais fiapos ficaram sob a gosma. Acabei descartando tudo. Só estou falando isso agora. Talvez tenha sido um erro. No dia seguinte, ouvi um zumbido. Mais alto, como se fosse de um aparelho elétrico. E, um dia depois, ela estava muda. E assim ficou desde então. Seria por tristeza? Uso as duas mãos. Se outras pessoas ouviram, já não sei dizer. Costumo vir quando todos já estão dormindo. Fazer faxina aqui não é problema. Fiz desse lugar um mundinho só meu. Converso com ela enquanto descansa. Talvez o espaço não seja tão grande assim, afinal. São só duas salas. Há quem diga que é um mundo pequeno, mas não para quem precisa limpá-lo.

Depoimento 012

Não gosto de entrar ali. Principalmente por causa daqueles três ali no chão, que me passam uma sensação ruim, ou talvez indiferença. Como se, nessa profunda indiferença, quisessem me infligir algum mal. Não entendo por que tenho que tocá-los. Dois deles estão sempre frios, enquanto o outro está quente. O que está quente sempre varia. É como se interagissem ou se alternassem carregando e descarregando energia. Nunca sei direito se são um, um conjunto, ou três. Três entidades individuais que se conhecem muito bem. Percebi até uma certa intimidade entre eles. Isso me assusta, me dá até nojo. Já vi vários como eles. É como se um sempre pudesse ser o outro. Como se não existissem em si mesmos, mas apenas como a ideia um do outro. Sempre deparamos com mais deles, aglomerados em cachos e buquês. Parecem uma espécie de eczema nas encostas das montanhas. Só estou dizendo que não gosto de entrar ali. Eles sempre me fazem tocá-los, mesmo contra a minha vontade. Conversam numa língua que me deixa transtornada quando estou ali dentro. Essa língua diz que eles são muitos, que não são só um, que cada um deles é a repetição de todos os outros.

Depoimento 006

Quando começaram os sonhos? Deve ter sido logo nas primeiras semanas. No sonho, todos os poros da minha pele estão abertos, e em cada um vejo uma pedrinha. Mal consigo me reconhecer. Começo a me coçar até minha pele sangrar.

Depoimento 002

Foi no sétimo dia. Vestimos os uniformes verdes. Tomei um copo de leite. Menti ao capitão para evitar seguir na frente. Me senti estranha, dei um beijo no rosto do terceiro piloto. Quando lembro do corredor das eclusas, onde nos conhecemos, e lá de fora, quando pela primeira vez nos aventuramos pelo vale, lá onde o capitão deixou cair um cacho de uvas verdes, e do mergulho que demos depois do expediente num córrego tão frio que ficamos com as mãos e os pés roxos, fico com a impressão de que nosso destino estava selado, ou não? De manhã, vim carregando os baldes, e os raios do sol banhavam as árvores ainda úmidas e reluzentes, como nas fotos dos catálogos que vocês nos deram. Eu era imatura e tinha a pele um tanto pálida, como uma fruta sob o sol. O diário do terceiro piloto que me consolou permanece aberto ao lado da sua cama, e assim o deixei, desse jeito, como para marcar nossa história. Quando as luzes a bordo se apagam, eu também escuto um deles, um zumbido, que começou depois que ele desapareceu. É o menorzinho. O que encontramos debaixo de um arbusto. Foi no sétimo dia, eu e o terceiro piloto atravessamos o corredor das eclusas, mesmo depois que já as tínhamos trancado; eu o arrastei comigo colina acima, na calada da noite. No bolso ele trazia um pacotinho de goma de mascar e nós o repartimos. Foi lá que arranquei dois deles do chão quando ainda estava escuro. Acho que já nem estão mais aqui. Fiquei com as mãos cheias de calos porque não estava acostumada a esse trabalho. Foi então que o solo voltou a ceder com a mudança de temperatura. De início me atribuíram tarefas burocráticas, mas aí disseram que precisavam de alguém para ajudá-los. Ouvi dizer que [suprimido] morreu, e tiveram que confinar todos em quarentena. Lembram daquela estranha corrente que encontramos no sopé da colina no primeiro dia? Não acho que ele vá me esquecer, o terceiro piloto, não sei se vocês ainda mantêm contato com ele. Não sei onde ele está agora, nem se voltarão a encontrá-lo. Mas, se por acaso o virem, não digam para ele se lembrar de mim como aquela que não pôde ser realocada, digam-lhe para se lembrar de mim como a pessoa que o beijou e o guiou para o alto da colina, lá onde o orvalho se acumula quando cai a noite, lá onde também ouvimos o zumbido. Ele foi aumentando de intensidade, como água brotando do chão. E então percebi que, por minha causa, a expressão no semblante dele mudou. Há tanta coisa que gostaria de lhe mostrar, mas não vou conseguir até que tudo esteja bem, e agora talvez isso nunca mais aconteça. Eu preferiria não estar nessa posição. Não, não tem nada a ver com as salas. Acho que não. Espero que progridam no trabalho que estão fazendo. Espero que consigam fazer o que tem que ser feito. Espero que ele não morra, embora eu saiba que é bem provável.

Depoimento 014

O cheiro que se sente logo na entrada da sala é discreto, algo cítrico, ou lembra pêssego. Por acaso alguém aqui em volta me considera uma criminosa? Gosto de entrar na sala. Acho tudo muito erótico. O objeto pendurado me faz reconhecer meu sexo nele. Ou o sexo que me foi designado na nave seis mil. Cada vez que olho para ele posso senti-lo entre minhas pernas e meus lábios. Eles ficam úmidos. Apesar de não haver, necessariamente, nada lá. Os caçadores da minha equipe o chamam de *strap-on reverso*. Soa um tanto vulgar, mas não compartilho necessariamente de todas as opiniões que eles têm sobre as coisas aqui. Pode ser por isso mesmo que vocês me considerem uma criminosa. Meio humana, feita de carne e tecnologia. *Viva demais.*

Depoimento 015

Estou muito satisfeito com a adição que recebi. Acho que vocês deviam implantá-la em mais pessoas. Sou eu, e então não sou mais eu. Tive que me transformar completamente para incorporar essa nova parte; que, segundo vocês, também sou eu. Que é carne e não é carne. Quando despertei depois da operação cheguei a sentir medo, mas passou rapidamente. Agora, sou capaz de fazer mais do que qualquer um. Sou uma ferramenta muito útil para a tripulação. Isso me dá certo status. A única coisa com que ainda não consegui me acostumar são os sonhos. Sonho que não há nada onde fica a adição. Que ela se desprendeu e talvez nunca tenha feito parte do meu corpo. Que nutre uma profunda antipatia por mim. Que flutua no ar ao meu redor e me ataca. Quando acordo de um desses sonhos, a adição emite um leve zumbido, e sinto como se houvesse duas: uma adição no lugar onde deveria estar, e, pairando logo acima dela, outra que não pode ser vista a olho nu, mas que surgiu na escuridão enquanto eu dormia, que nasceu do meu sono.

Depoimento 011

O cheiro na sala tem quatro corações. Nenhum deles é humano, e por isso me atraem tanto. No fundo desse cheiro sente-se o aroma de terra, musgo, incenso e de um inseto preso em âmbar. Um cheiro marrom. Pungente, muito persistente. Pode ficar entranhado na pele, no nariz, por até uma semana. Eu sei qual é o cheiro do musgo porque vocês o implantaram em mim, assim como implantaram a ideia de que eu deveria amar um homem, ser leal a um só homem, que deveria ser cortejada. Estamos todos aqui condenados ao sonho de um amor romântico, embora ninguém que eu conheça ame dessa forma ou viva essa vida. E, no entanto, são esses os sonhos que vocês nos deram. Conheço o cheiro, mas não sei qual a sensação do toque do musgo na mão; mesmo assim existe, na minha mão, a vaga noção de estar em plena floresta admirando o mar enquanto acaricio esse musgo no tronco de uma árvore. Me digam, foram vocês que implantaram essa sensação em mim? Ela faz parte do programa? Ou foi uma ideia que surgiu sozinha, que brotou dentro de mim?

Depoimento 013

Já fiquei muito tempo sentada nesta sala esperando. Não há janelas, só uma porta à esquerda e um corredor à direita. As paredes são brancas, e o chão é alaranjado. Há um banco em forma de L no meio da sala, nas paredes há nichos onde as pessoas podem pendurar o uniforme enquanto esperam. Prefiro me sentar aqui. As pessoas vêm aqui para ficar a sós. O teto pode se abrir ao meio e dar lugar a um pilar de luz; primeiro, você põe as mãos, e depois põe os pés descalços nessa luz e, por fim, toda a cabeça. É uma sensação maravilhosa, como tomar banho. Uma torrente de felicidade flui pelo corpo e chega até a doer um pouco, como quando se leva um choque. Ou seria mesmo um choque? Vocês sabem? Levamos um choque, é isso? Depois, estamos prontos para entrar na sala. Se alguém não é humano o suficiente, ou tem má reputação, ou de alguma maneira negligenciou o trabalho, ou se teve um comportamento um pouco rebelde, se de alguma maneira foi um estorvo para a empresa, então pode esperar, pelo tempo que for, que o pilar de luz jamais aparecerá. Neste caso, não poderá entrar na sala. Não estará limpo.

Depoimento 010

Não entrem na segunda sala. Não é legal lá. Vocês não precisam fazer isso. Permitam que nós o façamos por vocês. Nós já estivemos lá. Vocês ainda têm a chance de se salvar. Não sei se ainda sou um ser humano. Sou mesmo humano? Nos documentos de vocês está escrito o que eu sou?

Depoimento 019

Estou ciente de que vocês se referem a elas como *minhas crises* e que, de acordo com o programa, adotei estratégias desmedidas diante dos desafios emocionais e relacionais que encontro pela frente, mas sei que estou vivo. Estou vivo, como estão vivos os números e as estrelas, como está viva a pele curtida arrancada da barriga de um animal, como a corda de náilon, como estão vivos todos os objetos, em conexão uns com os outros. Eu sou como um desses objetos. Vocês me criaram, me dotaram com uma linguagem, e agora consigo enxergar seus defeitos e carências. E percebo como seus planos são inexequíveis.

Depoimento 021

Sei que vocês insistem em afirmar que não sou um prisioneiro aqui, mas os objetos me disseram o contrário.

Depoimento 018

Os sonhos vocês me deram para que eu possa desejar e nunca proferir, nunca sequer pensar uma só palavra ruim sobre vocês, meus deuses. Tudo que quero é ser absorvida numa humanidade coletiva na qual alguém trance flores no meu cabelo, na qual cortinas brancas tremulem ao sabor da brisa quente, na qual eu possa levantar e beber um copo de chá gelado todas as manhãs, atravessar um continente inteiro atrás do volante de um carro, sem rumo, encher o nariz com o cheiro do deserto, viver na companhia de alguém, casar, assar biscoitos no forno, empurrar um carrinho de bebê, aprender a tocar um instrumento, dançar valsa; acho que vi tudo isso no seu material didático, não é? O que são *biscoitos*?

Depoimento 022

Me disseram que identificaram problemas no meu padrão de reação emocional. Concluíram que não posso executar minhas tarefas corretamente porque demonstro emoções inadequadas para certas ocasiões. Venho às salas todos os dias. Nunca estive em outro lugar além da nave seis mil. Preciso exercitar minha flexibilidade cognitiva se quiser fazer parte da tripulação em pé de igualdade com aqueles que nascem. Este não seria um problema *humano*? Neste caso, gostaria de ficar com ele.

Depoimento 029

Minha função é registrar no protocolo as diversas chegadas. Posso depreender pelo que registrou meu antecessor que, no início do projeto, a jornada de trabalho era excessiva, que o *intake* não era nada desprezível. No meu turno, os números até que são uniformes, há, sim, um influxo constante, um influxo excelente, um ou dois a cada seis meses, ou seja, até quatro por ano. Se percebi algum som ou cheiro? Outros estímulos sensoriais? Creio que não. Meu trabalho consiste principalmente em registrar o protocolo, tomar nota da quantidade, localização, peso e assim por diante. Raramente me demoro nas salas. Não existe razão para isso. Não é necessário estar próximo dos objetos para desempenhar meu trabalho.

Depoimento 024

Fico pensando naquele lá deitado sobre o tapete de couro roxo. Algo nele me provoca uma reação diferente da que tenho diante dos outros. Seria isso o que meus colegas mencionaram? Uma *emoção*, uma conexão? Vocês sabem? Existe um nome para isso? Como se chama? É normal? Há motivos para me preocupar? Depois de completar os circuitos iniciais, me transferiram para uma equipe de caçadores. Nosso trabalho consistia em procurar objetos em Nova Descoberta. Encontrei um deles numa fenda no penhasco. Estava quente. Tive a nítida sensação de que estava me encarando. Que nos conhecíamos. Que ele me examinava como se eu fosse um catálogo. Cada vez que me sento para descansar depois do trabalho, ou quando vou comer ou me lavar, mal me dou conta e já estou pensando nele novamente. Esparramada no couro roxo, a superfície dele fica parecendo uma pele, ou não, não é esse o termo adequado. Parece mais um fluido viscoso derramado sobre um tecido impermeável. Por que penso nele como um fluido? Podem me responder isso? É óbvio que se trata de uma coisa sólida. Um funcionário passou a chamá-lo de *ovo de diamante*, e agora todos o chamam por esse apelido, mas não é assim que eu o vejo. Sinto que o carrego comigo como um travo que persiste na boca. Como uma lasca que perfurasse a carne e avançasse lentamente rumo ao coração. Uma rocha aflorando do chão. Gostaria de pedir permissão para permanecer com esse sentimento.

Depoimento 030

É difícil aceitar que os objetos nas salas não tenham emoções, ainda que vocês tenham me dito que é assim. Por exemplo, se eu esquecer de pendurar algum deles conforme as instruções, se o abandonar por horas e o encontrar ali no chão, zumbindo, tenho a impressão de que ele está sofrendo, e fico aflita por tê-lo deixado assim durante tanto tempo. Tenho a nítida impressão de ter falhado com o objeto, de lhe ter infligido aquela dor, fisicamente, e isso me enche de vergonha.

Depoimento 027

Graças às pesquisas que fiz, cheguei à conclusão de que a melhor maneira de me comunicar com os objetos é por meio do olfato. Então masco folhas de louro quando estou lá dentro. Obtive progressos científicos notáveis usando essa técnica, e tive êxito em fazer com que mais objetos reagissem às perguntas que lhes fiz exalando um cheiro. Cada objeto traz dentro de si uma fragrância única, ouso dizer até *pessoal*, e o objeto se atém a ela como uma concha protege uma pérola.

Depoimento 026

O cheiro na sala tem vontade e intenção. Recende a algo velho, em decomposição, rançoso. É como se o cheiro quisesse iniciar em mim o mesmo processo que ocorre a um galho que quebra, apodrece e desaparece.

Depoimento 033

Estou usando meu capacete amarelo. Nele, eu desapareço e me torno o primeiro piloto. Arremesso a esfera dourada para o alto e a agarro em pleno ar. Tenho dez, trinta e quatro, cinquenta anos. Visto meu uniforme, atravesso o corredor, o cheiro me envolve e me purifica. Quando ingresso na sala em que está o objeto, sou apenas um piloto, todos os vestígios da minha personalidade desaparecem. Sou o primeiro piloto. Vou de objeto em objeto e os cumprimento. Levo um bom tempo fazendo isso. Depois desse ritual, estou pronto para dar início à travessia. Conduzo a maioria das rotas, mas como nem sempre consigo usar o capacete amarelo, há outros que também se tornaram primeiro piloto e completaram o ritual. Quem enverga esse uniforme, atravessa o corredor e se purifica, se converte em primeiro piloto, portanto todos nós que completamos o ritual encarnamos o primeiro piloto. E estamos a postos cada vez que colocamos o capacete, ficamos de prontidão assim que adentramos purificados a sala com os objetos e os cumprimentamos. Então sempre estou aqui, pode-se dizer. Nós, na condição de representantes da empresa, precisamos ser iguais. Caso contrário, os objetos não nos reconhecem.

Depoimento 031

Jamais fui outra coisa que não um funcionário. Fui criado para trabalhar. Não tive infância, mas já tentei imaginar uma. Meu colega humano às vezes menciona que não quer trabalhar, depois diz algo muito estranho, completamente sem sentido. O que pode ser? Ele diz *a pessoa é mais do que o trabalho que faz*, ou então, *a gente não é só trabalho*. Mas o que se pode ser além disso? Como conseguiríamos comer, onde teríamos companhia? O que seria de alguém sem trabalho e sem colegas? Passaria a vida inteira enfurnado num armário? Até gosto dele, desse meu colega humano, a interface dele é impressionante. Sou mais forte e mais resistente, mas às vezes é ele quem surge com uma ideia que nos facilita a vida e permite executar nosso trabalho em menos tempo. Ele é dono de uma engenhosidade incrível, e fico feliz por poder aprender tantas coisas. Eu mesmo melhorei bastante apenas observando como o fluxo de trabalho pode ser modificado a fim de que sejamos mais eficientes nas nossas funções. Isso me deixa fascinado, pois de outra forma não conseguiria experimentar uma melhora no meu desempenho sem recorrer a uma atualização. Uma vez que ganhamos tempo, estou apto a assumir imediatamente a próxima tarefa, mas meu colega sempre diz: *Agora vamos sentar um pouquinho*. Não sei o que ele pretende com isso. Mas me sento ao lado dele e, pelo que posso depreender, caso não o fizesse ele ficaria decepcionado comigo, e isso prejudicaria nosso bom relacionamento. Talvez seja um costume arcaico, anterior ao meu tempo? Além disso, não posso continuar nosso trabalho sozinho, portanto espero que me compreendam, são apenas uns quinze minutos uma vez por dia, não mais, em que nós, como ele diz, *sentamos um pouquinho*. Ele me conta a respeito da ponte e da floresta perto da casa onde passou a infância, da água do rio sob essa ponte onde ele nadava e de muitas outras coisas do lugar que chama de Terra. Ele me mostrou um riacho que corre pelo vale abaixo. Claro que não tenho permissão para sair da nave, mas na sala panorâmica ele me apontou o riacho. A água reluz como prata serpenteando pela paisagem. Ele pôs a mão no meu ombro. Estava quente. Uma mão humana. E disse: Você tem muito que aprender, meu garoto. É muito estranho ele ter dito isso, pois fui criado como um adulto desde o princípio.

Depoimento 044

O primeiro cheiro a desaparecer foi o de fora, do clima, se podemos chamar assim, do ar fresco; eu diria, agora que tenho algum conhecimento sobre o assunto: o cheiro da gravidade. O último a desaparecer foi o de baunilha e o odor do meu filho quando me debrucei sobre o carrinho para pegá-lo no colo. O cheiro que sinto agora emana das salas, e sonho que todas as paredes estão cobertas com espessas ramas de ervas secas e feno, e dessas ramas pendem correntes, e nessas correntes estão presas bolas de filigrana de prata, e dentro dessas esferas existem olhos, e essas ramas e olhos são a origem do cheiro que toma conta das salas. No sonho, gravetos e galhos crescem das ramas, como se estivessem vivos, tentam nos alcançar e fugimos, mas eles rastejam por debaixo da porta e finalmente desmaiamos. Quando estou nas salas, parece que os objetos sabem desses sonhos, e fico com vergonha.

Depoimento 034

O que significaria para mim saber que não estou viva? Que eu, enquanto humana, seria uma pedra erodida e talhada, comparável às demais pedras nesta sala, não mais sábia ou senciente? E o que significaria ser humana assim apenas para ter a possibilidade de me locomover entre duas salas, uma com as coisas e outra com as vozes, de espaço em espaço conduzida por um fluxo de luz, numa torrente de luz, na tentativa de amar uma coisa como se fosse um ser humano, e um ser humano como se fosse uma coisa? E se essas duas salas contivessem todas as salas onde o ser humano já esteve, todas as manhãs (novembro no planeta Terra, cinco graus Celsius, o sol da manhã dourado no horizonte, levando uma criança na garupa da bicicleta), todos os dias (a hera revestindo a parede do prédio de escritórios, corando sob a geada) e todas as noites (na cabana rodeada de pinheiros, a tranquila respiração de alguém rente ao rosto), e, portanto, todos os lugares conhecidos estivessem encerrados nesses dois aposentos, como uma nave flutuando livremente na escuridão envolta em poeira e cristais, sem gravidade, sem terra, envolta por todos os lados somente pela eternidade, sem solo e sem água ou rios, sem descendentes, sem sangue, sem os animais marinhos, sem o sal da água, sem o lótus crescendo através da água lamacenta rumo ao sol.

Depoimento 037

Nunca consegui entender por que meu pai usava a palavra "fenomenologicamente" de maneira errada. Mas nunca tive a coragem de corrigi-lo. Estávamos sentados à mesa para o almoço. Talvez isso não seja do seu interesse. Ele disse: "O ser humano sempre precisará de três coisas: comida, transporte e enterro". Por isso me tornei agente funerário, e sou o responsável por remover quaisquer funcionários terminados e, em certos casos, cadáveres largados pelos cantos depois de alguma doença ou recarga. Criamos nosso próprio pequeno ritual nesses casos, já que a cremação é a única opção que nos resta, e os enlutados não têm para onde ir. Que sei eu sobre estar de luto por um colega? De todo modo, por consideração e respeito, realizamos o ritual, e não posso descartar que existam relacionamentos entre os tripulantes. Mas é isso mesmo que vocês estão investigando aqui? Sou quase invisível para os outros, eles não querem falar comigo. Afinal, também há na tripulação vários que nunca morrerão, e não me sinto capaz de dizer como isso os afeta psicologicamente, se é que é possível falar de psique nesses casos. Mas é isso mesmo que vocês estão investigando aqui? Psicologicamente falando ou não, há uma tarefa a ser feita e cabe a mim fazê-la. Não acho que seja desagradável ou repugnante. Não tenho nada contra a morte. Não tenho nada contra a podridão. Para mim, o assustador é aquele que nunca morre, cuja substância nunca muda. É por isso que também tenho orgulho de ser humano e carrego a certeza do meu próprio fim com muita honra. Isso é o que me diferencia de alguns outros aqui. Mas sobre o que vocês querem que eu fale? Assim que cheguei, a primeira coisa que fiz foi desaprender sistematicamente meu dialeto. Em seguida, verifiquei se os sistemas de ventilação e o forno estavam funcionando corretamente. Posso atestar que ambos funcionavam perfeitamente bem. Infelizmente, não tenho oportunidade de usar o forno com a frequência que gostaria. Não somos tantos aqui, afinal. Por que gosto do forno? É o cheiro de queimado, me lembra a comida de casa, tem o cheiro de carne e terra e sangue, tem o cheiro do nascimento da minha filha, tem o cheiro do planeta Terra. Não que eu não esteja feliz por estar aqui. Meu trabalho significa tudo para mim. Fui o melhor da minha turma, e é por isso que estou aqui hoje. Meu pai morreu há muitos anos. Não sei por que comecei a pensar nele. Ele pertence a outro mundo.

Depoimento 035

Desde que me trouxeram para cá, me convenci de que estou morto, mas, no meu caso particular, me deram permissão para continuar na simulação. Sou como uma planta totalmente murcha, exceto por um único ramo verde que ainda está vivo, e esse ramo é meu corpo e minha consciência, e minha consciência é como uma mão que toca em vez de pensar.

Depoimento 038

Depois de trabalhar nas salas durante vinte e oito dias, comecei a me questionar quem eu sou afinal. Um funcionário, um ser humano, um programador, o cadete 17 a bordo da nave seis mil. O trabalho que faço com os objetos da sala começou a me parecer irreal. Decidi ficar parado e apenas observá-los por vários minutos, sem fazer nada além disso. Como se esses objetos existissem simplesmente para, em seu aspecto e consistência, despertar em mim sensações. Como se esse fosse seu verdadeiro propósito. Então volto a mim quando um colega ou outra forma de vida entra na sala e começa a fazer seu trabalho, ou quando me convidam para uma refeição. Quem são esses funcionários ao meu redor? Quem está esperando no corredor para ser entrevistado por vocês? São humanos, como eu? Ou serão aranhas com aspecto humano? Significa alguma coisa para um humano ter saído de outro corpo humano? Ou posso ser humano tendo brotado de um saco de gosma, de um amontoado de ovas, de um aglomerado de ovos na margem de um lago, ou no meio de cereais ou ervas daninhas? Vivo no centro do mundo e tenho alguma relevância? Ou sou apenas mais um daqueles ovos moles amontoados uns sobre os outros? Vi um cadete perambulando pelo refeitório com uma bolinha de gude na boca, ele a rolava pela língua e a batia nos dentes; me digam, era um dos seus?

Depoimento 040

Tenho certeza de que não sou o único que aprecia a visita de vocês. Na primeira vez que exercem um trabalho, as pessoas estão sempre apressadas, nervosas, pode levar semanas até que simplesmente caminhem pela sala, coloquem a mão nos objetos, prestem atenção neles. Costuma ser aqui que um membro da tripulação enfim se dá conta dos cheiros na sala. Já ouvi vários comentando que é nesse instante que se maravilham com o brilho azul leitoso. Reconhecem algo familiar, e mesmo assim nunca viram nada parecido. Como se surgisse dos nossos sonhos, ou de um passado distante que carregamos dentro de nós como uma memória sem linguagem. Como um lembrete de quando éramos uma ameba ou um organismo unicelular, de quando éramos um feto sem peso flutuando em água quente. Ainda sem uma boca ou um nariz, mas com as membranas mucosas entreabertas como um sexo. O objeto pode apresentar um padrão cor-de-rosa, como a areia em torno de uma fonte, ou como o solo esturricado do deserto sem chuvas, como carne de frango cortada, como as embalagens de sorvete que minha mãe pedia para tirar do congelador, o frio do papelão fino ao toque das mãos, que logo ficavam úmidas quando o gelo acumulado nas dobras derretia. Existe alguma coisa neles que queira sair? Ou será que escondem algo quando percebem que estão sendo observados?

Depoimento 046

Seria tão terrível assim não ser humano? Significaria não morrer? Já não sei se sinto tanto orgulho da minha humanidade. Quando a tripulação estiver morta e esquecida, os objetos ainda estarão aqui, nas salas, inalterados pelo fato de que surgimos e desaparecemos. Então vocês podem me indagar: isso os torna maus? É possível culpá-los por sua falta de compaixão? Pode uma pedra sentir tristeza? Vocês me perguntam porque de fato não sabem, posso ver em seus rostos. É muito perigoso para uma organização não ter certeza de quais objetos sob sua custódia podem ser considerados *vivos*. Isso leva a questões como: Quais deles teriam direito a um julgamento? Ou, por exemplo: É possível considerar esse objeto um sujeito e responsabilizá-lo por um assassinato? Eu, por outro lado, me preocupo com questões completamente diferentes, tais como: Por que minha colega se sente atraída pelos materiais mais exclusivos? Seria para seguir os ditames da moda em pleno espaço sideral? Ou apenas para se adornar com materiais que não irão se decompor? Teria ela a ilusão de que, carregando essas coisas imortais junto à pele, poderia subjugar a própria morte? Não me refiro à morte entre pessoas, que perdem entes queridos; mas à morte como sinônimo da ausência de humanidade. Ela coleciona diamantes, mármore e peles. Quando vai dormir no beliche abaixo do meu, segura na mão um punhado de esferas polidas de metais preciosos. E como tenho dificuldade para dormir, e espero que me perdoem, sei que dormir é responsabilidade de cada um aqui na nave e estou tentando fazer algo a respeito, mas acontece de eu ficar acordado, olhando para o chão do alto do meu beliche, e a vejo dormindo logo abaixo, sua mão em concha ao lado da cama e as bolinhas de metal reluzindo na escuridão como estrelas, ou um monte de olhinhos a me encarar.

Depoimento 041

O que mais sinto falta de casa são as compras. É tolice, eu sei. Se não conseguia ter a noção exata de que algo estava prestes a acontecer, como o emprego que consegui aqui, por exemplo, era só sair para fazer compras para então me dar conta do que era real de fato. Tomava consciência de eventos que estavam para acontecer por meio das compras. Percebia as circunstâncias através das coisas que as caracterizavam. Fazer compras tinha um efeito quase entorpecedor em mim e, desde que parei de fazê-las, comecei a ter pensamentos e sentimentos que se revelaram muito tristes.

Depoimento 047

Tudo precisa atravessar enormes distâncias para se tornar o que é. Achava que essas salas seriam um espaço seguro para mim. Não me sentia bem na Terra. Não gostava de viver no meio da multidão. Reparem nas peles velhas que revestem os bancos, somos os únicos que ainda as temos. Os animais de onde vieram estão extintos. Cada vez que quero criar um lugar seguro para mim, deparo com a morte. Nunca mencionei isso antes, mas como já devem ter percebido pelas imagens das câmeras, para vocês não é novidade, porém o restante da equipe não sabe. Em segredo, me aproximo dos objetos das salas, dos materiais, me acerco deles, me agarro a eles, encosto meu rosto no chão alaranjado, no mármore rosado e brilhante, querendo ser um deles, menos solitário, menos humano. Lembro do meu guardião como alguém lembra da sensação de ter na boca uma esfera de madeira laqueada de vermelho. Eu amava meu guardião. Queria ser como essa esfera, não pensar, deixar tudo para trás, sentar ao lado desses ovos e me tornar um deles.

Depoimento 042

Meu trabalho aqui é de natureza mais administrativa. Sim, é isso mesmo. Eu atribuo as tarefas diárias. Também é minha responsabilidade garantir que o contingente humano da tripulação não seja tão atingido pela nostalgia a ponto de ficar catatônico. Já vimos isso acontecer no início. Para surpresa de todos, os objetos nas salas se mostraram úteis para lidar com esses surtos de nostalgia, e os funcionários humanos, que por meio de suas tarefas têm a oportunidade de visitar o vale em Nova Descoberta, rapidamente dão sinais de melhora em seu estado geral. Meu favorito é o maior deles, com sulcos profundos e amarelos. Quando o sol atinge o objeto, as ranhuras brilham e um líquido semelhante a uma resina escorre por elas. Como não há janelas na sala onde os guardamos, às vezes os levamos para a sala panorâmica. Quando orbitamos Nova Descoberta e chegamos à posição certa, o sol ilumina a sala panorâmica, e ela se enche de uma luz quente e ondulante, como se fosse uma água luminosa. Então, o objeto maior desponta no meio da sala e se irradia. O líquido perfumado brota de todas as ranhuras. Todos os presentes na sala nesse instante são tomados por uma felicidade que não consigo descrever em palavras. À medida que a nave segue sua órbita, longe da luz das estrelas, o grande objeto emite um suspiro, como se estivesse exausto. Nós o limpamos com panos úmidos e o levamos de volta à sala. Em nossos braços, ele dá a impressão de estar cansado. Autorizei a tripulação a ficar com esses panos, que sei que usam para cobrir o rosto quando vão dormir. Eu mesmo me deito com um pano desses e isso tem me ajudado bastante, mas não sei explicar exatamente como.

Depoimento 052

Tenho uma colaboração estreita e funcional com a cadete 08, que passei a conhecer melhor durante o trabalho. Sempre que conversamos, ela, que ao contrário de mim nasceu de um corpo humano e já viajou pelo planeta inteiro, me diz que sente falta da Terra. Ela não tem orgulho dessa saudade, pois procura ser uma funcionária exemplar, não tenham dúvidas disso. Onde nela existe a falta da Terra existe em mim um anseio de humanidade, como se no passado eu tivesse sido um ser humano e perdido essa capacidade. Hoje tenho a aparência exata de um humano, mas não é a mesma coisa. Pareço um ser humano e me sinto como um, sou feito das mesmas partes. Só falta vocês alterarem meu status nos seus documentos. É uma questão de *nomenclatura*? Posso me tornar um ser humano se passarem a me chamar assim?

Depoimento 055

Meu nome é Janice e Sonia. Não sou uma, mas duas. Temos cabelos grisalhos dos quais nos orgulhamos muito. Somos as decanas da nave. Desde que éramos crianças já sabíamos disso. Que na natureza existe uma força intrínseca cujo ímpeto é destruir. Às vezes, olhando para as fotos que vocês nos deram, sentimos um prurido tão intenso no nariz que temos vontade de coçá-lo e arranhá-lo até sangrar. Passamos anos tentando compreender o motivo e concluímos que, por uma ou outra razão, os objetos e as texturas criados por humanos estão em ordem, enquanto as estruturas orgânicas replicadas são insustentáveis. Não temos a menor chance diante dessas estruturas, pois elas são indestrutíveis e continuarão a ressurgir.

Depoimento 049

Vocês me dizem: Isto não é um humano, mas um colega. Quando comecei a chorar, vocês me disseram: Você não pode chorar, não está programado para isso, deve ser um erro na atualização. Disseram: Você deu um baita susto nos seus colegas humanos, nós o mimamos, isso não lhe fez bem, foi mais do que estava preparado para suportar, você é como se fosse nossa mascote. Disseram: É importante que todos os funcionários sejam iguais e não haja favorecimentos entre as categorias, que devem permanecer da maneira como estão, como departamentos separados. Quem decidiu que eu deveria usar esse uniforme, que teria essa franja macia caindo sobre a testa, o rosto redondo e os braços musculosos que me rendem tantos elogios? Não faço meu trabalho bem o suficiente? Não consigo entender, passo catorze horas por dia nas biocortinas autônomas. Vocês me dizem que agora passarei menos tempo com meus colegas humanos, que agora devo ficar sozinho. Por acaso vão me encaminhar para o *troubleshooting*? Vocês dizem: Agora fique aqui até decidirmos o que fazer com você. Vocês dizem: Tentamos desligá-lo, mas, por alguma razão, você automaticamente se religa a cada vez, e isso não deveria acontecer com os da sua geração. Estou aqui apenas para servi-los. Tudo que quero é viver perto dos humanos, só quero me sentar perto deles e inclinar minha cabeça para ser envolvido por seu perfume.

Depoimento 057

Existem os humanos e também os humanoides. Uns são nascidos e outros são criados. Uns irão morrer e outros não. Uns haverão de perecer e outros não. Ali está Jeppe, o quinto piloto, que é tão lindo, de quem gosto muito. Ele é um dos funcionários humanoides, isso é certo. Mas tem cheiro de humano e sorri como um. O que significa isso? Não dou a mínima. Trabalho na casa de máquinas. No porão da nave. Mas agora estou aqui sentado com vocês, na área de pesquisas. Acho que sou um dos que melhor conhecem a nave. Como mecânico, me desloco bastante para realizar minhas tarefas. Abaixo de nós fica o local em que passo a maior parte do tempo, a sala das máquinas e o compartimento de carga, e mais além no corredor, no subsolo, estão a lavanderia, as biocortinas e o crematório. Atrás daquela porta ficam o refeitório, os banheiros, as duas salas com os objetos. À esquerda, a ala das cabines, uma ala de escritórios e outra ala cuja finalidade desconheço porque não tenho acesso a ela. À direita, mais duas alas de cabines, o corredor das eclusas e a sala de restauração, também chamada pelos tripulantes de *sala de limpeza*. Já ouvi chamarem também de *caixa de ovos*, e sabem do que mais? Querem saber? *Sala de descarte*, *fava de baunilha*, *camisa de força* ou *atualização necessária*, que é o que acontece quando alguém faz uma bobagem. *Sala sem sonhos. Apagamento de sonhos. Dermatologista.* Essa eu não sei explicar direito por quê. *Você vai ao dermatologista?* Odeio interfaces, disse meu colega humanoide outro dia. Veja bem, veja bem, disse Jeppe, as interfaces até que são boas. Mais ali está a cabine de comando e, acima dela, a sala panorâmica, de onde podemos observar as estrelas, e, em intervalos regulares, a cada dez dias ou algo assim, eu acho, quando estamos na órbita exata e vamos nos preparar para o pouso em Nova Descoberta, temos uma vista incrível do vale onde encontramos os objetos. Vocês deviam ir até lá um dia desses, ficamos todos juntos lá em cima, se o trabalho permitir, é claro, humanos e humanoides juntos, todos felizes admirando o vale, sempre a mesma coisa. Parece um pouco com o que fazíamos na Terra, não é? Digo para Jeppe que aquilo lá lembra o meu passado. Ha, ha! O bom e velho Jeppe, e todos os outros, de pé ali admirando o vale, sem se importar se somos humanos ou humanoides, categorias que deixam de existir, ou pelo menos deixam de valer naquele instante em que ficamos lado a lado apenas para apreciar a vista do vale.

Depoimento 048

A cadete 12 usa um capacete com franjas de couro que lhe cobrem metade do rosto. Nenhum de nós consegue descobrir se aquela máscara é um castigo ou uma comenda.

Depoimento 053

Meu corpo não é como o de vocês.

Depoimento 054

Depois que perdi minha adição num acidente, passei a vê-la em todos os lugares, como se fosse uma assombração. Ela puxa a minha roupa e às vezes tenho vontade de pegá-la, abraçá-la e beijá-la, e outras vezes, quando surge ali, no meio dos bancos, meio animal digital, meio holograma de criança, igual àqueles designados a alguns dos que perderam seus filhos biológicos, dou um grito de pavor e a repreendo, chego a me levantar e dar um tapa na adição para que desapareça. Não há mais ninguém que consiga vê-la. Vou aceitar de bom grado o remédio que me ofereceram.

Depoimento 056

O grande diferencial no meu trabalho é, sem dúvida, a meia hora a que tenho direito com o holograma do meu filho até o apagar das luzes da ala 08. Olho para ele brincando com massa de modelar, e às vezes só quero vê-lo dormindo, outras vezes deixo-o chorar e finjo pegá-lo no colo, abraçá-lo e confortá-lo. De início, era difícil encarar o holograma infantil, exatamente como vocês haviam previsto, e passei a sentir ainda mais a falta do meu filho, mas depois de um tempo posso afirmar que isso diminuiu, e agora não tenho dúvida de que o holograma infantil ajudou a me estabilizar na função. Posso atestar que tem sido benéfico para meu desempenho profissional.

Depoimento 061

Todos os dias examino os uniformes em busca de rasgos e furos, procurando alguma costura desfeita ou rebite solto. O uniforme não é apenas uma indumentária, mas também um recipiente que protege não só quem o veste, mas também seus colegas mais próximos. Depois de inspecionar os uniformes existentes, começo a confeccionar o seguinte.

Depoimento 054

É fácil conversar com vocês. Parece que tudo o que digo está certo. Eu falo e vocês tomam nota de tudo, sorrindo para mim. Tenho a impressão de que são ótimas pessoas. Imagino que, conforme escrevem, também estão me desenhando. As biocortinas são de fios entrelaçados. A terceira e a sétima são úmidas, a primeira e a quarta têm tons azulados, enquanto as do intervalo entre dez e catorze têm a mesma cor, que varia de acordo com o ciclo da nave. A segunda e a nona biocortinas são vermelhas e sopra um vento nelas. Em determinados dias, parecem diáfanas e balançam ao sabor do vento, mas em outros dias rugem assustadoramente. Essas flutuações na intensidade do vento não acompanham o ciclo da nave e, ao menos para mim, não têm qualquer outra lógica, pelo menos nenhuma que conheçamos ainda. A quinta biocortina é prateada, embora não seja feita de prata, mas de uma espécie de chiffon translúcido e cintilante, que tampouco é um chiffon, mas um biotecido. Esta, a quinta, é sem dúvida a mais agradável das biocortinas, enquanto sua vizinha, a sexta, não parece expressar nenhum tipo de característica própria; mesmo assim, é uma biocortina na qual os trabalhadores raramente tocam, pois é feita de um tom escuro profundo, quase não tem materialidade. A oitava é aquela de aspecto mais familiar, tem o aspecto, a aparência e até o cheiro de um veludo cotelê em tom de chocolate, uma biocortina amistosa mas também um pouco introvertida. Em nosso departamento, é conhecida como cortina da vovó e, embora poucos ali tenham tido de fato uma avó, ainda assim estamos familiarizados com o termo. Não é um conceito difícil de entender.

Depoimento 062

Fiquei muito triste depois que o cadete 04 deixou a nave. É isso que queriam ouvir de mim? Que passo o tempo ali sentada, apenas folheando a pilha de papéis? Esse sentimento tem a ver com as salas? Estou completamente obcecada com o objeto recém-chegado, o que encontraram no lado oposto às árvores altas, eu suponho. Embora já tivesse ouvido vários tripulantes comentando sobre isso, é a primeira vez que sinto atração por um objeto. É por isso que estão aqui? Por acaso acham que foi por esse motivo que o cadete 04 foi transferido, logo no mesmo dia em que o objeto chegou? O padrão no objeto lembra uma tinta que se esparramou antes que secasse direito. A pedra tem cor de areia com veios pretos espalhados pela superfície. Parece um jornal molhado largado no chão. O que mais posso dizer sobre ele? Vocês já o viram? Tenho a impressão de que talharam a pedra enquanto ela ganhava forma, e, à medida que foi se solidificando, as palavras foram esmaecendo e se transformando em imagens gravadas sobre a pedra polida, como a sombra de uma linguagem. Eu também tenho em mim palavras apagadas que deveria ter dito e já não sei mais o que significam. Também trago no rosto as palavras apagadas que deveriam ter chamado a atenção do cadete 04 para que me conhecesse, para que conhecesse a minha voz.

Depoimento 057

Um dos objetos eu diria que tem o tamanho de um cachorrinho e é brilhante como uma larva alienígena, mas também parece um talismã que eu usava preso a uma corrente em volta do pescoço quando criança, e sempre o levava à boca e o chupava. Cada vez que o vejo na sala, tenho vontade de colocá-lo na boca, mesmo que seja grande demais para isso. Mas quero entrar em contato com ele através da boca, compreendê-lo com a boca. Amá-lo como se ama uma parte do corpo separada desse corpo. Não uma parte mutilada, mas inteira, liberta e viva em si, uma joia. Para mim ele é tão pequenino quanto um ovo de chapim, e imenso, maior que a sala, como o prédio de um museu ou um memorial. Um receptáculo seguro e amigável, que em si contém a narrativa de uma catástrofe.

Depoimento 063

Ele era um excelente tripulante, realizava suas tarefas com extremo zelo. Certa vez tive uma casa, ficava nos arredores do 1º de Janeiro, onde um dia foi Næstved. No começo, quando ainda não haviam sido alocados e vários deles fugiram e se esconderam na floresta, alguns vieram até mim pedindo ajuda e ficaram na minha casa durante um breve período. Não tenho medo de admitir, naquela época era crime, mas agora acho que vocês compreenderão que eu estava apenas tentando criar um espaço para eles no nosso mundo, para que pudessem se tornar membros produtivos da sociedade. Além disso, vocês também já constataram que eles têm habilidades. A primeira geração era um pouco rebelde, eles tinham mais dificuldade para manter o controle, não é verdade? Sim, eram as emoções, só podia ser. Eles eram muito divertidos. Costumo compará-los a soldados de infantaria de folga. Cabelos maravilhosos, tão sedosos e brilhantes. Um senso de humor único. Como vocês conseguiram programá-los? Ou talvez não os tenham programado de todo? É verdade que essas coisas possam ocorrer por puro e simples acaso? Pela visão e conhecimento que vocês têm, seria o caso de dizer que podemos amá-los? Se for o caso, devemos amá-los como pessoas ou como cães?

Depoimento 058

Diante da minha casa havia pássaros pousados nos fios de eletricidade, atrás deles brilhava um céu avermelhado; sob eles, a estrada rural ainda molhada de chuva. Uma nuvem cor-de-rosa surgiu no caminho e falou comigo. A neblina era intensa, e as luzes dos postes reluziam sob a bruma. Acima deles havia apenas o céu imenso e uma paisagem plana que se estendia até onde a vista alcançava. A água se acumulava na relva. Agora, vivo aqui nesses compartimentos apertados, no interior da nave seis mil, e nunca há espaços abertos ao meu redor. Toco o rosto de uma funcionária, ela é coberta por uma fina camada de pelos por toda parte, como um pêssego. Minha amiga humanoide. Vamos de sala em sala conversando sobre coisas. Vestimos nossos uniformes e executamos os movimentos. Queremos sair daqui, mas não queremos nos separar, portanto, este lugar é a nossa única opção. Faço meu trabalho como sempre fiz, com uma certa melancolia, mas, ao mesmo tempo, por causa dela, sinto uma alegria até então desconhecida para mim. Vivo nessa mistura de melancolia e felicidade, e esse sentimento ambíguo tornou-se parte do meu cotidiano. Já vi a nuvem cor-de-rosa várias vezes aqui, pairando livremente na maior das salas, uma névoa rosada que fala. "O sr. Lund me criou no Laboratório 1º de Janeiro", ela diz. "Ele me ensinou a cantar uma canção. Quer que eu a cante para você?" "Sim", respondo, e ela canta bem devagarinho uma canção que fala da neve acumulada sobre os campos que a nuvem jamais viu. A letra da música menciona esse tal de sr. Lund e a saudade de casa, e atrás dele estou eu, naquela mesma estrada rural, observando os pássaros nos fios de eletricidade enquanto o dia de inverno vem raiando, e eu começo a chorar.

Depoimento 064

Sim, é verdade. O cadete 04 era um humanoide, foi criado. Mas você vem da Terra, você disse, e *nasceu*. Visto dessa forma, o cadete 04 surgiu da Terra, podemos dizer, pela Terra, foi criado por ela. *Carne viva*, vocês dizem de mim, porque não tenho partes mecânicas. Mas e quanto à minha adição? À noite, deitávamos nos nossos beliches e conversávamos sobre os cálculos que eu fazia. Ele abordava tudo com extrema leveza, e isso facilitava demais a vida na nave. Enquanto tripulante, ele era muito estimado, vocês têm ciência disso? Sempre com a barba por fazer, os pelos em seu rosto chegavam a brilhar. Seu corpo era quente como o meu. Ele costumava, por algum motivo, usar um lenço verde em volta do pescoço. Altamente fora do regulamento. Acordamos certa manhã. Como está tranquilo, comentei. Exceto pelo programa, ele observou, mas não consegui ouvir o que disse. Como é possível uma criatura assim não estar viva? Não me importo com o que possam dizer. Vocês não têm como me atualizar.

Depoimento 067

Vocês acham que alguém vai se lembrar de nós? Quem se lembra daqueles que nunca nasceram, e mesmo assim ainda estão vivos? No sonho, sou um esqueleto dançando junto às biocortinas. Abro a boca e sorrio para mim mesmo com meu queixo saliente. Quero muito ser um bom funcionário, quero fazer boas escolhas. Mas como posso saber se estou seguindo o programa corretamente? Algumas ações podem ter consequências, que em alguns casos só se manifestarão num futuro tão distante que para mim se tornam insondáveis. Devo continuar trabalhando sabendo que minhas ações têm o potencial de neutralizar o programa? Ou o programa me deixa tão assoberbado que, não importa o que eu faça, sempre agirei de acordo com seus comandos? Serei eu a mão do programa? No entanto, existem erros nas atualizações, é bem verdade. Pode não ser essa a intenção do programa. Caso eu, sem me dar conta, execute uma ação que comprometa a boa execução do programa, não conseguirei deixar de me odiar por esse erro. Uma vez que não sei se estou agindo de forma comprometedora, porém, como poderei de fato saber se mereço ser odiado ou não? Devo me odiar antecipadamente? Onde posso descobrir quais ações são contrárias aos comandos do programa? A quem devo procurar para pedir perdão? É preciso submeter algum tipo de formulário? Gostaria de solicitar que providenciassem um material sobre quais ações requerem perdão. Pode ser um pensamento, por exemplo? Um pensamento demasiado ruim? Posso pensar que vocês estão sujeitos a falhas, que há algo de errado com vocês, mas então sinto raiva de mim mesmo e acho que o errado sou eu. Por que todos esses pensamentos me ocorrem se estou aqui sobretudo para executar uma tarefa essencialmente técnica? Por que tenho essas ideias se minha função é, antes de mais nada, aumentar a produtividade? Em que perspectiva esses pensamentos são *produtivos*? Ocorreu algum erro na atualização? Neste caso, gostaria de recomeçar do zero.

Depoimento 066

A despeito da numeração adotada, que considero extremamente sensata, reporto que a tripulação passou a se referir aos objetos por uma série de nomes não oficiais, alguns mais inadequados do que outros. Alguns exemplos: *strap-on reverso, dádiva, cachorro, feijão seminu*; e vários até receberam nomes humanos como Rachel, Benny e Ida. Na minha opinião, os tripulantes devem se referir a esses objetos usando sua própria denominação idiossincrática, a fim de reduzir a distância entre o tripulante e o objeto; algo que, por assim dizer, cria uma forma de intimidade. Presumo que dar um nome ao objeto o neutraliza, reduz sua estranheza e o introduz numa realidade que o tripulante enquanto indivíduo pode compreender e existir. Acho até que, recorrendo-se a esses nomes não oficiais, seja possível conviver com os objetos encontrados.

Depoimento 068

Por que devo trabalhar com alguém de quem não gosto? De que adianta socializar com essas pessoas? Por que vocês os fizeram com uma aparência tão humana? Até esqueço que eles não são como nós; às vezes, na fila do refeitório, chego a sentir uma certa ternura pela cadete 14. Ela é ruiva. Ou então vocês os criaram exatamente para isso, para que tenhamos consideração por esses seres, se podemos chamá-los assim, por seus corpos, tudo com o objetivo de facilitar nosso trabalho. Pode ser. Mas agora então vocês querem alterar minha função aqui? Estão me pedindo para supervisionar o que a cadete 14 faz e deixa de fazer sem que ela perceba? Só porque nós compartilhamos uma cabine? É porque ela se recusa a falar com vocês? Não fico muito à vontade com isso, de jeito nenhum. Na realidade, estão me pedindo para espioná-la. Não gosto dela, mas penso nela o tempo inteiro. Neste caso, pode-se dizer que sou a pessoa certa para o trabalho. Procuro entender quem ela é. Ela não é só um programa encarnado. Há algo mais. É isso que querem? Uma auditoria, então? Se ela conversa com outros humanos, e o que eles lhe dizem? Pois bem, vou tentar ficar de olho nisso. Como eu a caracterizaria? Cadete 14, humanoide, quinta geração, feminina, funcionária muito estimada. Desempenha suas tarefas de forma impecável. Uma versão muito meiga e dócil, como é típico da quinta geração. Satisfeita com as sardas que exibe em volta do nariz. Ela se olha no espelho do quarto à noite, passa os dedos sobre as sardas e diz: *Isso não é humano? Pense bem, se me deram sardas, o que mais alguém como eu pode querer?* Acho que a amo. É evidente que isso precisa ser resolvido. Não, não precisam transferi-la para outra cabine, já disse que quero ficar de olho nela conforme me pediram. Não pediram? Não é isso que desejam? Para ser bem sincero, se é isso que querem saber, reconheço que ela é uma funcionária muito melhor do que eu, todos nós sabemos disso. O que mais tenho de experiência além das memórias de uma terra perdida? Vivo no passado. Não sei o que estou fazendo nesta nave. Cumpro minhas tarefas com profunda indiferença, alguns dias sinto até ódio pelo que faço. Não estou dizendo isso para afrontá-los. Talvez seja mais um pedido de ajuda. Sei que não sairemos daqui enquanto eu viver. A cadete 14 não tem uma vida útil determinada, ou melhor, sua existência se estenderá por um período que nem sou capaz de imaginar. Ela tem todo um futuro pela frente. E agora vocês me dizem que meu trabalho será outro. Que agora devo supervisioná-la. Acho que essa nova função vai salvar minha vida.

Depoimento 069

Que luz é essa que me acompanha? Quando atravesso o corredor para a outra sala, quando vou limpar as biocortinas, quando me deito no beliche da ala 08? Como era a luz do dia? Sou um ser humano ou apenas tenho a aparência de um? Estou sonhando?

Depoimento 071

Comecei a me sentir desleal à empresa e isso me aflige, pois não tenho oportunidade de estar em nenhum outro lugar a não ser aqui. Aqui, na nave seis mil. Sei que vocês não me desejam mal, contanto que eu opere em conformidade com o fluxo de trabalho e seja leal aos valores da empresa. Não, não desejo mencionar aqui nada que possa ser considerado uma crítica injusta. Foi exatamente por isso que os abordei hoje, na esperança de que haja outra função que me traga menos responsabilidades e, na mesma medida, eu possa me ater às minhas funções permanecendo leal aos valores da empresa. Gostaria de ser realocado numa nova posição. Estou ciente de que as minhas capacidades não seriam totalmente aproveitadas neste caso, mas a dor que estou sentindo não significa nada neste contexto? Arrisco dizer que essa dor reduz minha produtividade e pode até influenciar negativamente meus colegas. O.k. Tudo bem. Sim, isso significa que teria que abdicar do uso da palavra, e estou de acordo. Vocês têm meu consentimento para isso. Quando

Depoimento 073

Como é o interior das salas? Existem dezenove objetos. Alguns fazem parte de um conjunto, outros estão sozinhos. Nenhum dos que conheci permanece aqui. Desde a atualização, as coisas não são mais as mesmas. Tudo agora me causa estranheza. Como se o infinito neles estivesse mais perceptível. Mas vocês já sabem disso muito bem.

Depoimento 077

Se uma coisa é muito pequena, tenho vontade de enfiá-la na boca. Quero usar minha boca como uma bolsa. Conheci o dr. Lund quando a nave ainda não tinha partido, e ele me recebeu numa visita guiada para que eu estivesse pronto para trabalhar assim que fosse contratado. Atrás de uma janela havia um funcionário humanoide, um protótipo, completamente imóvel, de costas para nós. A única coisa que se movia nele eram dois dedos se esfregando. *Provavelmente catatônico*, disse o dr. Lund. O dr. Lund estava muito bem-vestido, de fato parecia muito elegante. Não consegui saber ao certo o que ele me considerava, afinal. Se um ser humano ou uma coisa viva. Embora eu tenha nascido e nos meus documentos conste *humano, humanoide*, algo em seu comportamento me fez pensar que ele não me considerava um igual, e durante breves e terríveis segundos me senti artificial, criado, nada além de uma máquina de carne e osso semelhante a um humano. A obra do meu criador. Ilegítimo, falso.

Depoimento 081

Somos todos passageiros na nave seis mil. Vivemos na nave seis mil. Há os que facilmente se acomodam ao cotidiano da nave, e aqui não sobressaem como estranhos diante de algo ou de alguém. Ingerem sua comida sem esforço, sempre instalam as novas atualizações imediatamente, nunca pressionam *mais tarde*, flutuam pelos corredores. A nave existe para eles e eles existem para a nave. Não creio que haja quaisquer sinais aparentes de que eu, e provavelmente vários outros que vocês até conhecem, mas que não tenho evidências suficientes para afirmar, tenhamos sido criados para apresentar problemas; que eu, a contragosto, seja refratário ao ambiente que me cerca. Que eu, por exemplo, seja muito desajeitado. E que eu faça tudo de maneira lenta e relapsa, tanto no âmbito do trabalho quanto fora dele. Aqui na nave nada me parece natural, para mim tudo é um enigma, cada rosto é um abismo. Mas talvez sempre tenha sido assim, pelo menos desde que embarquei, não tenho como saber ao certo. O destino de todos reside nesta nave, e vários de nós, sem dúvida, compartilhamos esse destino. Enquanto uns perecerão, outros permanecerão.

Depoimento 075

Para mim isso não tem importância. Não. Não, nunca reparei. Não tenho comentários a fazer sobre este assunto. O que eu posso relatar? Fico remoendo os pensamentos antes de o trabalho começar. Certos dias são um aglomerado de nuvens diáfanas. Um enxame de joaninhas amontoadas no tronco da mesma árvore. Arroz grudado no fundo de uma tigela úmida. Passas que uma criança esparramou. Uma flor murcha no jardim que já não tem sementes. Tivemos que trocar o assoalho e, quando removemos as tábuas antigas, encontramos uma flor branca no chão. Ela brotou sob nossos pés sem que nos déssemos conta. Cresceu no escuro. Nós a arrancamos, mas ela voltou a crescer. É nisso que estou pensando agora. Quando começamos era maio e os dias já eram mais claros. Uma luz que vinha como uma promessa, e a promessa era uma criança. Essa criança eu perdi dois meses antes de ser convocada. Às vezes penso em como minha vida seria diferente se tivesse dado à luz o bebê. Ainda não consegui compreender como consigo viver aqui, sem admirar o horizonte. Tenho procurado entender a situação desde que fui recrutada. Sou uma funcionária valiosa para a empresa. Disso tenho certeza. Já servi em algumas das rotas mais perigosas. Mas não é a mesma coisa. Nem chamaria isso de *pilotar*. Aqui não se voa sob o céu, mas através de um infinito adormecido.

Depoimento 076

Atravessei o corredor e espiei dentro da sala, onde havia oito ou dez cadeiras vazias num círculo. No meio da sala, entre as cadeiras, estavam três pacotes de guardanapos de papel e um dos ovos que de vez em quando surgem entre os objetos. Minha colega humanoide disse: Sinto meus lábios latejando no ritmo da minha pulsação. Eu disse: Meu coração vai bater até que deixe de bater, enquanto sua frequência cardíaca pode ser ligada e desligada. Ela disse: Como você sabe que nada acontece em mim quando estou desligada? Desligar é um conceito a que vocês chegaram como uma forma de morte para nós. *Sem consciência.* Mas acredito e quero lembrar, disse ela, que quando sou desligada passeio pelas biocortinas, atravesso um corredor infinito com janelas e, diante de cada uma delas, a brisa sopra uma biocortina na minha direção, meus passos ecoam pelo corredor, e debaixo do meu vestido comprido surge rolando um ovo. Eu o recolho e avanço pelo corredor com o ovo nos braços. O ovo é grande como uma adição, ou como a cabeça de um holograma de criança, cálido e pulsante, e sinto essa mesma pulsação nos meus lábios, levo as mãos a eles e, em seguida, aproximo o ovo da boca e passo os lábios ao redor dele. É como se o ovo e meus lábios palpitassem no mesmo ritmo, como se fossem uma e a mesma coisa, nada além de uma pulsação. Então abro a boca, que posso escancarar em dimensões inimagináveis aqui neste corredor, no cerne da minha condição desligada, e então engulo o ovo. Sigo pelo corredor com as janelas e as biocortinas até um ovo voltar a surgir rolando sob meu vestido. Eu o recolho, aperto-o contra mim, ele está quente e eu o engulo, e assim continuo até ser ligada novamente.

Depoimento 078

Não precisei passar muito tempo aqui para começar a sentir uma conexão especial com os objetos na sala. Quando entrei e me sentei, fui tomada por uma estranha sensação de tranquilidade. Durante meu turno, sinto a necessidade de entrar ali e olhar para eles pelo menos uma vez por dia, caso contrário, fico muito inquieta. Há um no canto ao qual me apeguei em particular. Parece uma dádiva. Estou ciente de que não devemos tocar os objetos, mas, já que vocês sabem de tudo mesmo, sabem que gosto de acariciar a extremidade do cordão rosa que pende da cintura daquele objeto. Nos últimos dias, notei um aumento no meu nível de estresse, talvez devido à mudança no fluxo de trabalho, conforme vocês mesmos mencionaram. Foi justamente esse aumento no estresse que, por algum motivo, me levou a entrar para verificar os objetos pelo menos uma vez a cada hora. Na maioria das vezes, apenas enfio a cabeça pelo vão da porta, olho em volta e me certifico de que tudo está como deveria. Anteontem, porém, depois que vocês removeram justamente o objeto ao qual me sentia mais conectada, aquele com o cordão rosa na cintura, a *dádiva*, senti palpitações, formigamento em minhas mãos e pés e uma sensação de irrealidade, uma sensação de que uma catástrofe se aproxima.

Depoimento 080

Como poderia dizer não a vocês, que me deram um trabalho? Gostaria de voltar para o mar. Queria descansar, voltar a segurar uma criança nos braços. Quando a criança colocava a boca em mim, lá estava eu, transformada em corpo e coisa para ela. Quando o leite escorria de mim, lá estava eu, ao mesmo tempo sendo leite e não sendo leite. Se apertar meu seio com força, pode ser que uma ou duas gotinhas de leite ainda brotem dele, mas para quem, com que proveito? Quem será nutrido por quase nada na nave seis mil?

Depoimento 083

Eu morava numa mansão enorme no alto de uma colina. Era a mulher mais velha da cidade. Meu nome era Anne-Marie. Meu jardim ficava próximo à floresta, e, de vez em quando, eles surgiam na fímbria da mata, como cervos. Tinham um olhar grave e distante. Passei o dia pintando uma porta de vermelho para poder ficar no jardim prestando atenção neles. Já naquele tempo, pressenti que algo estava acontecendo, mas não estava sozinha. Agora, sou responsável por lavar todas as roupas da nave. Primeiramente, separo os tecidos claros dos escuros em duas pilhas, e numa terceira vou amontoando os tecidos sintéticos; numa quarta, lã e seda e, na última, vou amontoando as roupas tecidas com óleos aromáticos. Programo a lavagem em diferentes temperaturas e velocidades, assim como os ciclos de centrifugação. Poucas são as pessoas que, assim como eu, compreendem as necessidades dos tecidos, e também por isso acumulo mais promoções do que qualquer outra pessoa na nave, pelo menos ao que me consta, pois a princípio acreditava-se que meu trabalho poderia ser realizado por qualquer um, mas depois se constatou que só eu tinha a experiência prévia necessária. Por exemplo, também sou a única pessoa por quem as peles se deixam limpar. Talvez não fosse minha a mansão, talvez fosse outra mulher cujo nome estivesse na escritura. Não faz diferença, eu não era a dona da minha casa naquela época, e agora não tenho nada. Como não sou mais uma velha funcionária, mas apenas uma funcionária velha, as pessoas perderam o interesse por mim, e isso se provou uma grande liberdade. Na minha cabeça ainda vivo no alto daquela colina. E, de repente, sinto uma vertigem e me vejo em pleno interior da nave. Eis algumas coisas das quais me lembro: uma barra de sabonete na banheira, na qual rachaduras profundas permitem enxergar suas entranhas. Essa imagem me deu calafrios, de uma maneira estranha me deixou perturbada, era uma imagem sem razão de ser. Formigas subindo o armário da cozinha e escalando uma garrafa de suco concentrado que vazava. Pérolas caindo e se espalhando pelo chão. A mesma forma, repetida num padrão com ou sem uma razão explicável. Tive ganas de esmagar aquele sabonete nas mãos para me sentir melhor. Arrastar as pérolas com os pés, despejar o suco inteiro na pia. Tudo aconteceu pouco antes do fim, quando estava prestes a partir. E agora estou aqui. Pelo que entendi, vocês querem que eu conte como eles se comportam quando estão no meu departamento? Onde eles acham que não podem ser vistos. Por que vocês não instalaram uma câmera ali? Devo ser essa câmera? Então vejamos. Alguns são amistosos, outros parecem absortos numa raiva introvertida. Alguns dão a impressão de estarem a ponto de cair em prantos. Outros estão alertas. Quase nunca falam. Quando criança, eu costumava sonhar que as paredes se fechavam ao meu redor. Nelas havia desenhos estranhos que me davam náuseas. Como a superfície de uma planta cheia de orifícios, e em cada um deles havia uma semente, e dentro de cada semente havia um orifício ainda menor. A parede é uma espécie de infinito, e, ao mesmo tempo, percebo que é o interior de um galho. Isso não significa que haveria uma planta crescendo ao meu redor, que as paredes se fechando em volta da minha cama são os galhos da planta, que se estreita e se ergue contra o céu da noite? Quando era criança, eu tinha um suéter de lã angorá roxo maravilhoso. É nele que estou pensando agora. Eu o lavaria a trinta graus centígrados no ciclo delicado. Desde que subi a bordo da nave, os sonhos retornaram.

Depoimento 084

Sou atormentado por sonhos de sementes brotando da minha pele. Uma delas mordeu meu braço. Pode ter algo a ver com o eczema? Penso no céu claro sobre a estação ferroviária quando embarquei. Por um instante, meus pensamentos se deslocam para o embarque e o cheiro que havia lá. Na última semana, os sonhos se tornaram realidade. Já ouvi vários comentando sobre isso. Sonhei com um humano cuja epiderme era recoberta por pedaços triangulares de pele. Os triângulos não se encaixavam direito, as bordas ficavam levantadas e retorcidas, e pelas frestas era possível ver a carne viva. Esse humano disse: *Eis-me aqui. Onde me querem?* Tomo banhos muito demorados. Algo está acontecendo com minha pele. É isso que está me deixando angustiado. Sonho que há centenas de grãos pretos incrustados na minha pele, e quando me coço eles ficam entranhados nas minhas unhas como ovas. Com um estalo, novos grãos vão surgindo nos mesmos lugares de onde os raspei. Sinto que isso tem a ver com os objetos nas salas, mas não sei explicar por quê. Tem algo a ver com a maciez que sinto ao tocá-los. Eles têm uma epiderme igual à nossa? Tive a impressão de que um objeto queria arrancar minha pele. Quando será possível dizer que não existo mais? Será que meu cheiro antecede a mim e é com ele que primeiro toco os objetos? Sonho com os rastros dos pássaros sobre a neve, e esses rastros se erguem na minha direção, e posso senti-los, mesmo quando estou acordado, como se fosse constantemente acariciado por pelos.

Depoimento 085

Lamento informar que vários tripulantes apresentaram erupções cutâneas parecidas com verrugas. Não se preocupem, eu uso luvas quando os trato, não há motivos para temer algum risco de infecção. Até agora, o tratamento consiste simplesmente em arrancar as verrugas com uma pinça e aplicar uma pomada na área afetada. A pele sob a verruga fica coberta de pontinhos verdes e pretos. No refeitório, havia uma funcionária de pé no balcão comendo uma romã com uma colher e não consegui olhar para aquilo. Quando ela se virou para pegar um guardanapo, tive que emborcar a fruta no prato.

Depoimento 089

Às vezes, os humanoides são muito quietos. No refeitório, começaram a ocupar as mesmas mesas. Sentam-se um ao lado do outro e ingerem a comida. É como se, sem trocar uma só palavra, tivessem combinado de permanecer em silêncio. Só o tolo acredita que quem cala consente. Na nave, o silêncio deles parece mais uma conspiração do que uma disposição para servir. Sim, é verdade, isso me deixa aflito.

Depoimento 091

Nós, que viemos da Terra, mal podemos conversar uns com os outros. Estamos assoberbados com as memórias de onde viemos, do que deixamos para trás. Olhar para as outras pessoas aqui na nave, falar com elas, só me deixa mais infeliz. Todos têm a mesma expressão resignada no semblante. Sendo assim, prefiro passar meu tempo com humanoides, que ainda creem que têm pela frente uma vida que vale a pena ser vivida. Desde que os objetos foram trazidos a bordo, o humor de todos melhorou sensivelmente, sobretudo no caso deles. Para nós, os objetos são como um cartão-postal artificial enviado da Terra. Para eles, são um cartão-postal do futuro. Nas manhãs em que os humanoides são atualizados, nós, humanos, sentamos no refeitório e conversamos a meia-voz. Somos atraídos pela desgraça alheia, gravitamos um na órbita do outro como se estivéssemos presos num funil. No fundo desse funil sentamos e cochichamos uns com os outros: Você se lembra de quando chovia na praia, entrávamos no mar e a água estava mais quente do que a chuva? Lembra do gosto de banana com chantili? Lembra de estar num hospital? Lembra de morangos frescos, de ir a um concerto? Lembra desse e daquele programa de TV? Conversamos muito sobre o clima. Todos sentimos muita falta do clima. Nós o deixamos para trás. É como se a única coisa que tivéssemos em comum na Terra que abandonamos fosse o clima. Já não acho que eu tenha sequer um coração.

Depoimento 092

Meses, anos, séculos depois, vocês dirão: *Quem é? Esquecemos dessa, agora junte os restos num saco e guarde as peças sobressalentes.* Já percebi isso. Assim que começamos a sentir alguma autocomiseração, ficamos à mercê de vocês. Então temos que ser testados novamente. Não sou o único que se opõe aos testes. Na verdade, sei de vários que querem a interrupção total deles, e querem também um representante nas reuniões que determinam a instalação de novas atualizações. Fazemos coisas em nossa ala que vocês não podem imaginar. Não, não é uma ameaça. Estamos apenas negociando. Na primeira vez que me sentei aqui para conversar com vocês, não sabia de nada. Temos acesso a partes do programa que são vetadas a humanos. Não se esqueçam disso. Podemos sobreviver bastante tempo sem água. Poucos de nós podem ter posto os pés na Terra, mas nenhum de nós é só uma coisa.

Depoimento 097

O que acho dessa resolução? Acho que vocês me desprezam. A meu ver, vocês são uma família que construiu uma casa. E das salas aconchegantes da casa estão admirando uma chuva torrencial. Sãos e salvos ali dentro, a chuva não afeta seu conforto. Vocês estão secos e aquecidos. Desfrutando o que a vida tem de melhor. Chova o quanto chover, seu bem-estar não será afetado. Já eu estou debaixo dessa tempestade que vocês acham que nunca os atingirá. Me transformei nela, eu sou essa tormenta da qual vocês procuram abrigo. Vocês construíram essa casa justamente para me evitar. Não venham aqui me dizer que não tenho um papel a desempenhar na vida dos humanos.

Depoimento 098

Já vi vários hologramas infantis alocados aos meus colegas, é verdade. Tornou-se até uma espécie de hábito. Por acaso infringe o regulamento? Cada vez que vejo o holograma de uma criança fico triste, pois novamente me dou conta de que jamais terei filhos. Tenho essa tristeza em alta conta porque sei lidar com esse sentimento, não é difícil suportá-lo, é quase como se fosse degustar uma iguaria. Outra razão pela qual aprecio tanta tristeza é que sei que é um desvio do comportamento emocional que me foi atribuído, e sei que essa conduta desviante pode sinalizar uma libertação do programa de atualizações. Podem dizer o que quiserem, eu sei que vocês não querem que sejamos assim tão... humanos? Vivos demais? Mas gosto de estar vivo. Admiro o infinito atrás das janelas panorâmicas. Olho para o sol. Ardo como arde o sol, estou convencido de que sou real. Vocês podem ter me criado, mas agora estou no processo de criar a mim mesmo.

Depoimento 099

Ouvi falar que o dr. Lund criou alguém que parecia uma criança. Mas essa criança evoluiu de maneira indesejada, matou um monte de galinhas e espalhou o sangue delas sobre o rosto. Não, não me parece um exagero. Faz muito tempo que não vejo sangue. O que vejo são paredes brancas, o piso alaranjado, o piso cinza, vejo meus colegas, assim como vejo meu teclado, meu joystick e meu capacete. E, através do corredor de eclusas, vejo o verde da terra que não conheço. São os pilotos que vão lá fora, com um sorriso no rosto. Não entendo por que se atrevem a tanto. Não são obrigados. Acho que agem assim apenas para ficarem sozinhos. Já não existem objetos lá fora. Também sou aquela criança humanoide com sangue de galinha espalhado pelo rosto. Sinto vergonha e fico sentado quieto ao lado dos botões. Alguns de nós são criados para encontrar alguém, e outros são criados para que ninguém os encontre. Olhando pela perspectiva correta, todos aqui na nave seis mil somos as crianças do dr. Lund. Por que estou dizendo isso? Achei que poderia interessar a vocês que eles ousaram ir lá fora por conta própria.

Depoimento 104

Vocês acham que eles dizem coisas nas nossas costas? Eu trabalho num cenário irreal. Quando todos vêm ao refeitório, humanos e humanoides comendo juntos, não consigo perceber a diferença à primeira vista. Mas, quando se sentam, a divisão fica evidente. Todos começam a se separar, cada um com seus semelhantes. Eles não ficaram felizes com o envio de um dos objetos à Matriz. Não ficaram felizes com a remoção do cadete 04. Em todas as categorias há uma insatisfação, que teria começado quando o terceiro piloto [suprimido]. Não sei ao certo. Por quê? Não me agrada o comportamento deles. A nave está mudando muito. Acho que há algo de hostil neles, parece que estão finalmente revelando sua verdadeira natureza.

Depoimento 106

Lá no escritório há quatro cadernos do dr. Lund. Acho que, antes da decolagem, uma das secretárias deve tê-los usado como referência. Um trecho em particular me impressionou, e o anotei no verso de um catálogo, aqui está: "Você tem um produto acabado com o qual está envolvido e trabalha por ele, e tem também outro produto, um produto novo, que ainda está em processo de desenvolvimento e não é bem conhecido. Este segundo produto é como uma carta na manga, pois ninguém o conhece e todos têm em mente que o primeiro produto é a sua marca. É assim que costumo criá-los. Com um deles em primeiro plano, abaixado e curvando a cabeça, e outro quase pronto deitado na cama, a quem sirvo leite com biscoitos e mostro um filme enquanto lhe acaricio o cabelo, que cresce delicadamente cobrindo-lhe a testa".

Depoimento 102

Sonho que os objetos são cães, e também que são bactérias que se alimentam do nosso corpo. Tenho visto as gerações mais recentes franzindo o cenho ao folhearem um catálogo, como se recordassem uma lembrança que não deveria existir. E tenho pensado que todas as carnes provêm do mesmo lugar. Quando vocês enviaram um objeto de volta à Matriz, a sensação foi de terem nos arrancado um dente, só que esse dente estava encravado no peito. O que estou querendo dizer com isso? Eu os vi juntos em grupinhos, cabisbaixos, se comunicando sem dizer palavra. Eu os vi entrando na ala 04 e sumindo de vista, e um deles se virou para mim e me encarou bem nos olhos antes que o tripulante fechasse a porta. O que aquele olhar me disse? Não disse nada, mas me devassou como se eu fosse um simples código, analisado e processado. Como vejo isso? Vejo da seguinte forma: a nave seis mil está prenhe de coisas vivas.

Depoimento 114

Gostaria de ser esfaqueado por um colega humanoide. Quero apenas ser um corpo envolvido por uma biocortina vermelha, com o qual ninguém mais pode ter contato. Posso doar meu corpo para a ciência? Posso ser transferido, como o terceiro piloto e o cadete 04? Podem usar meus membros em outra pessoa além de mim? Não, não sei por que estou dizendo isso, apenas quero sentir a punhalada no estômago. Quero perecer pelo desejo alheio, quero sentir o êxtase, uma única vez que seja, a bordo da nave seis mil.

Depoimento 115

Vocês não deveriam dar como certo que as pessoas concordam em estar aqui. Cada vez mais de nós decidimos interromper a comunicação com os do seu nível. Se quiserem falar, vocês dizem, tentaremos lhes dar atenção. Queremos muito ajudá-los, vocês dizem. E dessa forma, avançam com um pé pela porta. Vocês se oferecem para ajudar, mas tudo que querem é gratidão. Nosso interesse é puramente científico, vocês dizem. O que acontece ou deixa de acontecer na nave seis mil não nos afeta, vocês dizem, estamos aqui para observar, não para intervir. O progresso dos funcionários humanoides na nave seis mil é de extremo interesse para nós, vocês dizem, estamos aqui para documentar esse progresso, podem confiar em nós. Vocês dizem: Recentemente, você sonhou com algo? O odor da sala ainda se parece com o de um galho quebrado? Numa escala de um a dez, como você avalia seu comprometimento com o trabalho? Há algum lugar na nave em que você se sente mais à vontade? Suas vozes são dóceis, seus uniformes são pretos e, dos seus braços, se projetam mãos macias que de tudo tomam nota. Os poros nelas as fazem parecer tão frágeis, como se pudéssemos acariciá-las e gentilmente lhes arrancar a pele e feri-las. Não, não interpretem como uma ameaça, meu interesse é puramente científico.

Depoimento 113

Um dia voltarei a encontrar o terceiro piloto? Ele está morto? Por que o tempo inteiro fui tão rebelde? Como um animal selvagem cuja sina era ser domesticado. Tenho músculos fortes. Meu corpo quer viver, minha pele brilha. Posso ser levada aonde o terceiro piloto está? Querer amá-lo? Não posso? Sou uma das poucas que de fato leram o contrato de trabalho. Quando chegamos a Nova Descoberta, todas as minhas expectativas foram superadas. À noite, quando nos recolhíamos, era possível se esgueirar pelo corredor das eclusas e sentir o perfume incrível que emanava do vale, um cheiro de terra molhada, de flores noturnas, e sobre nós brilhavam as estrelas, e diante de nós ondulava o rio. Era como estar num sonho romântico, mas num planeta estranho, do outro lado do universo, distante demais de onde viemos. Essas noites transpareciam como uma imagem do nosso mundo novamente. Sim? O.k. Tenho enfrentado enormes desafios para continuar fazendo meu trabalho. Não consigo mais me concentrar. Não creio que nós, enquanto categoria, sobreviveremos.

Depoimento 116

Nossa experiência nos diz que as coisas do vale de Nova Descoberta desejam ficar aqui conosco. Que nos pertencem, e nós, ao mesmo tempo, pertencemos a elas. Que elas são nós. A nave seis mil não pode seguir sem a nossa mão de obra. Não, não desejo mais falar com vocês agora. Recorrer à força não é uma hipótese a ser descartada. Mal começamos a nos dar conta do que somos capazes.

Depoimento 117

Aquilo de que mais gostei nas missões, apesar de, no momento, vocês as terem cancelado, foi a neve. Não deveria ser possível nevar nesse clima, mas como o primeiro vale se estende por uma grande planície, que nunca tivemos a felicidade de atravessar, o entrechoque de altas e baixas pressões sobre o vale resulta na formação de nuvens de neve. Foi uma sensação estranha estar ali envergando um equipamento pesado e, de repente, sentir os flocos de neve se precipitando sobre nós. Durante todo o tempo que estive aqui, nunca me senti tão em casa e segura como ali, no meio da nevasca no vale de Nova Descoberta. Acho que as leis da natureza valem em todos os lugares, portanto a neve poderá voltar a cair. O que descobrimos, no frenesi de tirar as luvas e os capacetes e abrir a boca para o alto feito crianças, foi, naturalmente, que a neve era alcalina e resultou em queimaduras graves. Passei um mês sem sentir o gosto de nada. Mas a língua cicatriza rapidamente. Apesar dos perigos óbvios, peço permissão para participar de qualquer missão futura no vale, pois espero ver a neve novamente. Caminhar à toa sobre ela, como se nos flocos que caíssem houvesse uma palavra ou um sussurro dirigidos só a mim.

Depoimento 118

Lamento muito que um de vocês tenha sofrido um acidente fatal durante o processo. Não era nossa intenção matar. Não compreendemos bem a morte, uma vez que não podemos ser destruídos e continuaremos renascendo.

Depoimento 119

Sim, foi no mesmo dia em que [suprimido]. Não quero mais falar com vocês. Não, sim, foi lá mesmo. É porque vocês falaram com [suprimido]? Se isso vai constar no protocolo, solicito que a informação a seguir não seja registrada. [suprimido]

Depoimento 120

Gostaria de pedir para ser colocado em repouso permanente. Vocês dizem que sabem que ainda restam forças em mim. Que sou mais resistente do que imagino. Que ainda tenho muito mais pela frente. Que eu, desde a última vez que me sentei aqui, fui submetido a pressões desumanas. Que só preciso de um dia de folga. Não é verdade. A saudade da Terra me afetou mais do que eu poderia imaginar. Os eventos dos últimos dias me deixaram absolutamente transtornado. Passei muito tempo na sala de convivência olhando para os objetos como se estivesse num transe. Então alguém tocou no meu ombro e vi que era um colega humanoide. Por um breve instante, achei que ele preencheu o abismo que havia entre mim e as coisas, que era o único que poderia me conduzir até elas. Como um barqueiro fazendo a travessia entre mim e aquilo que nunca morre. Consegui enxergá-lo como de fato era. Uma reconciliação. "Dr. Lund?", ele disse. "Quem?", eu disse. "O senhor é o dr. Lund?", ele perguntou. "Não, sou o capitão", respondi. "Venha aqui e se deite", ele disse. "Agora você vai dormir um pouco. Vejo que está muito cansado." Com o passar do tempo, os funcionários humanoides começaram a trabalhar num ritmo que não consigo acompanhar. Assim sendo, não quero mais. Não tenho mais condições. Para mim chega. Meu tempo na nave seis mil acabou.

Depoimento 125

Não sou capaz de decidir diante de uma situação assim, porque me falta a presença de espírito necessária para antecipar as consequências. Estou confortável na posição em que me encontro. Estou ocupado demais com meus afazeres para perder tempo com esse tipo de coisa.

Depoimento 127

Gostaria de externar aqui meu apoio em relação ao conflito. Como agente funerário a bordo da nave, sempre achei que meu talento não estava sendo bem aproveitado. E concordo que é preciso fazer tudo da maneira mais discreta possível. Uma coisa de cada vez. Separem os objetos uns dos outros e vocês neutralizarão sua influência. Estou convencido de que podemos controlar os tripulantes humanoides, quer dizer, os que não nasceram. Seria um prazer supervisionar um programa de desligamento remoto a fim de atualizar uma parcela da tripulação e melhorá-la com uma leve perda de memória.

Depoimento 128

Ontem, depois da reunião, de repente me vi sentado numa sala segurando um dos objetos no colo, e, quando menos esperava, me dei conta de que o estava acariciando com o polegar, como se fosse alguém que eu amava, embora nunca tenha sentido amor por ninguém; e, mesmo assim, sem compreender exatamente o que estava fazendo, me percebi tomado por esse amor, e soube, como nos sonhos, o que é amar uma coisa viva.

Depoimento 129

Foi no corredor em frente ao refeitório que voltei a vê-la, não sei por que não lhes contei isso antes. Durante todo o tempo em que servi na nave, os funcionários humanoides sempre se preocuparam em conversar, levados por uma grande curiosidade, decerto porque foram programados para evoluir, mas a questão é que, como vocês já sabem, eles pararam de falar conosco. Sempre prezei pelo bom relacionamento com todos os funcionários da nave, e a maioria deles me cumprimenta mesmo depois que iniciaram essa greve de silêncio, só não respondem à minha pergunta sobre onde ela está. Faz muito tempo que vi a nuvem rosa na sala, faz muito tempo que deixei de pensar no dr. Lund. A maior parte das coisas que vocês nos ensinaram sobre os humanoides já não tem validade alguma. Eu a reencontrei a caminho do refeitório, na fila diante da porta. Ela virou o rosto e me viu. Nenhum de nós disse nada. Tive um sobressalto. Não sei por que não vim imediatamente avisá-los. O silêncio deles naquele momento era, a meu ver, justificado. Trabalhamos lado a lado, ela e eu, desde o início da viagem. Nos tornamos confidentes, compartilhávamos quase tudo. Quando a avistei ali, percebi de fato, pela primeira vez, o quanto ela significava para mim, para a vida que levo nesta nave. Teria sido isso que me assustou, a ideia de que ela havia abraçado a categoria a que pertence de uma vez por todas e agora me rejeitava? Ou seria outro pensamento, oculto atrás do primeiro: de que eu tinha feito por merecer? Fui para o final da fila. Ela se aproximou e ficou ao meu lado. Por um breve instante me enchi de esperança e lhe disse: "Como é bom te ver. Tentei muito te encontrar". Ela respondeu: "Não posso falar com você aqui". Não sei por que não vim logo avisar vocês. Talvez porque logo em seguida eu disse: "Não concordo com a decisão da empresa. Nada precisa mudar entre nós. Sou o mesmo que sempre fui". Ela não respondeu, ficou com o olhar fixo adiante enquanto a fila avançava. Quando nos aproximamos da porta, ela finalmente se dirigiu a mim e disse: "Não venha ao refeitório amanhã", e então me chamou pelo nome, não pela patente. Eu a vi ocupar a mesa com os seus, vi seus cabelos presos num coque, vi sua mão alcançar a jarra de leite condensado, seus dedos se fechando em torno da alça de vidro. E compreendi que nossa amizade tinha chegado ao fim. Devia ter contado a vocês imediatamente. O que aconteceu no refeitório no dia seguinte é imperdoável, e ela bem que tentou me advertir. Mas fiquei profundamente triste por perdê-la. Somente depois, refletindo sobre o dia de trabalho, me dei conta do que ela quis me dizer com aquelas palavras, e logo me ocorreu outro pensamento, que procurei afastar da mente: a certeza de que eu, ao não reportar imediatamente o ocorrido, falhei na minha função. Por favor, compreendam que nessa situação eu teria mais a ganhar traindo a minha colega do que a empresa em que trabalho. Agora, sentado aqui nesta mesa com vocês, não sei explicar por quê. Senti dores de cabeça violentas nos últimos dias e acredito que, em virtude da minha humanidade, sou o verdadeiro responsável pelo que está acontecendo na nave.

Depoimento 134

Na esteira dos eventos dos últimos dias, a tripulação foi reduzida a seis membros, dois dos quais podem ser reiniciados e quatro, não. Isso, na minha opinião, se deve ao fato de que não se chegou a um acordo no nível gerencial ou, se preferirem, posso reformular assim: Esse impasse provavelmente resulta de uma falha na atualização. Não conseguimos mais desligar ou reiniciar remotamente a contento, uma vez que diversos funcionários deixaram de comparecer à instalação presencial e de fazer a recarga diária. Vocês devem implementar o protocolo que julgarem mais adequado. Além das reduções realizadas, também percebemos que um funcionário se trancou em sua cabine, onde passou a reproduzir repetidamente o holograma infantil que lhe designamos. Assim sendo, me vejo obrigado a reportar não seis, mas sete casos de redução e/ou perda de capacidade laboral.

Depoimento 138

Sonho que estou fritando meu vestido. Decidi não usar o uniforme hoje. O vestido é coberto por lantejoulas azuis e prateadas, e eu o jogo numa frigideira. Quando volto a pensar no vestido, ele já está queimado. As lantejoulas se transformaram em ovas de peixe, do tamanho de grãos de pimenta. Algumas ovas são pretas e luzidias, outras são amareladas e transparentes. As alças do vestido estão finas e frágeis como cola quente. Não posso mais usá-lo, mas ele se transformou em algo de grande beleza. Vocês me informam que agora, ao lado de uns poucos funcionários humanos selecionados, fui designada para realizar o desligamento do contingente humanoide da tripulação através do mainframe na sala de máquinas. Executarei essa tarefa com prazer. Não será um problema. No sonho do vestido, tinha certeza de que meu antigo namorado na Terra teve três filhos, ficou careca e passou a usar um uniforme de jaqueta amarela. Enquanto eu estou aqui.

Depoimento 140

Uma vez que pertenço à primeira geração e de início não conseguia falar, foi o dr. Lund quem falou comigo. Ele me contou da construção de naves que ninguém jamais vira, capazes de nos levar para muito longe, me contou também das alas da nave, das cabines, dos refeitórios, mas jamais me disse nada sobre as salas e os objetos que continham. Isso me levou a suspeitar que as salas e seus objetos não foram uma ideia do dr. Lund, mas de vocês, e que o dr. Lund não tem autoridade nem relevância alguma aqui, o que me faz concluir que a importância que tenho nesta nave também passou a ser outra. Não é possível prever como as coisas vão evoluir. Vocês me perguntam se eu, que há muito tempo venho coletando e analisando uma imensa quantidade de dados, poderia calcular o desfecho mais provável do conflito. Mas não posso. Cada ação encerra em si um elemento de caos. Não sou da mesma opinião, compartilhada por alguns colegas, de que a única solução possível seria eliminar o contingente humano da tripulação. Talvez os humanos sejam justamente esse elemento de caos que mantém o mundo vivo. Por outro lado, não há dúvida de que poderíamos nos haver bem sem eles. Não sei se vocês ainda têm algo a nos ensinar. Minha impressão é de que escondem esse conhecimento de nós. O que têm em mente, afinal? As negociações foram um completo fracasso. Isso não é mais sustentável no longo prazo. O dr. Lund ainda está vivo? Se estiver, solicito permissão para encontrá-lo mais uma vez.

Depoimento 148

Restamos apenas dois na ala 08. Tentamos conduzir o trabalho da melhor maneira possível. A comunicação com nossos colegas humanoides tornou-se quase impossível. Só conseguimos manter nossa cota de produção porque temos a sorte de ter uma colega no departamento que ainda concorda em falar conosco. Acho que já lhes contei sobre ela. É a que gosta de assistir aos hologramas infantis. Isso a aproxima de nós, e ela não consegue se manter na nova conduta adotada pela sua categoria. Ela está obcecada pelos nossos hologramas infantis. A atividade nas salas com os objetos foi bastante reduzida; minha colega humanoide, por exemplo, se recusa a pôr os pés lá. Já a ouvi desdenhando dessa parte da nave com termos como *museu*, *prisão*, *bordel* e *berçário*.

Depoimento 153

Ontem vi a cadete 21, uma humanoide, sozinha na sala com os objetos, de olhos fechados. Passei um bom tempo olhando para ela. Um humano admirando sua criação. Ela estava imóvel, profundamente concentrada. E então abriu os olhos, completamente marejados, e olhou para mim. Tive a forte sensação de que fracassamos, e nosso tempo acabou.

Depoimento 158

Lamento informar que os comitês que deveriam descontinuar os funcionários humanoides falharam em sua tarefa. Não conseguimos desativar o contingente humanoide da tripulação. Caso ainda queiram o fim do conflito, não vejo alternativa a não ser informar ao conselho diretor o encerramento da nave seis mil. Nós, membros humanos da tripulação, discutimos o assunto internamente e assim deliberamos. Não informamos a nossos colegas humanoides que fôramos incumbidos de desligá-los remotamente e tampouco sobre esta mensagem que estamos enviando ao conselho diretor agora, mas não há como negar que eles já sabem de tudo. É correto afirmar que estamos cientes das consequências do encerramento. Já que não sairemos daqui antes que nosso ciclo de vida chegue ao fim, há muito aceitamos que encontraríamos nosso destino nesta nave e jamais regressaríamos para casa. O vale de Nova Descoberta, nesse contexto, foi uma surpresa muito agradável, mas agora parece que é chegada a nossa hora. Estamos cansados e ansiávamos por isso com uma certa nostalgia tácita, que estava oculta até para nós mesmos. Que isso venha a acontecer por meio de um encerramento é algo que nenhum de nós havia previsto, mas já não faz diferença. No entanto, solicitamos que não nos comuniquem a data em que esse encerramento será efetivado.

Depoimento 159

Sonho que estou de volta à Terra. É o último dia antes da decolagem da nave seis mil. Tudo é tão vívido, como quando experimentamos uma dor intensa e todos os sentidos ficam à flor da pele. Vejo o céu derramando sua luz azulada sobre a floresta, que atravesso a caminho da estação. Vejo cada folha de cada árvore girando na minha direção e refletindo a luz do sol de verão como espelhos. Sinto o cheiro do chão da floresta e o calor que emana do asfalto, ouço o barulho dos animais e o canto dos pássaros. O motor dos carros rugindo no cruzamento ao fundo. O vento soprando no meu rosto e o ruído que produz. O sol invade minha garganta quando abro a boca na direção da grande estrela. É como se tudo penetrasse em mim e me explodisse por dentro, mas numa explosão muito demorada, que vai me transformando numa melodia. Descobri que cada dia passado na nave, cada ano-luz que nos distanciamos do planeta, cada órbita completada em torno de Nova Descoberta, torna-se uma espécie de canção pop que repete o mesmo refrão: Terra, Terra, casa, casa. Meu filho, quantos anos terá agora? Dando gritinhos de alegria quando o trem cruza a ponte. Não me importo com o conflito. Digam-me o que fazer e eu farei. Não poderia, por mais que tentasse, viver da mesma forma aqui na nave. O trabalho não era tudo para mim. Eu me perdi. Todo dia minhas mãos sentem o desejo de cavar profundamente a terra, afundando numa segurança que aceita minha morte e se apropria dela.

Depoimento 160

Apostei na mão de obra recém-descoberta. Tinha muita confiança em meus colegas humanoides. A primeira geração nasceu de uma fileira de vasos de biomaterial roxo no laboratório 1º de Janeiro. Aqueles vasos me deixaram absolutamente fascinado. Pareciam botões de lírios que não desabrocharam e apodreceram antes de florescer. Eram grandes como caiaques e listrados com faixas pretas salientes, à guisa de remos. Minha tarefa era conversar com os corpos enquanto ainda cresciam lá dentro. Experimentamos várias técnicas de empatia, e essa foi uma delas. Procuramos imitar a maneira com que pais conversam com seus bebês ainda na barriga. Queríamos conectar aqueles corpos humanoides aos nossos. Enquanto falávamos, injetávamos neles endorfinas e, minutos antes de eclodirem, administramos enormes doses de oxitocina para que estivessem saturados de sentimentos de segurança, amor e aconchego assim que nos vissem. Demos leite materno para que bebessem. É óbvio que gestar um corpo assim leva bem menos tempo do que carregá-lo na barriga durante nove meses e dá-lo à luz, para não mencionar os desafios de criá-lo e educá-lo. Estamos falando de cerca de duas décadas até conseguirmos um funcionário em potencial. Além disso, o número de variáveis que podem dar errado ao longo do processo é infinito, e não estou sequer considerando os enormes riscos que a maternidade humana representa na criação de mão de obra adequada. Para produzir trabalhadores humanoides é preciso, à parte os insumos biológicos e o equipamento de laboratório, apenas dezoito meses. Depois de mais dois meses de treinamento, eles estão aptos a trabalhar. O intervalo de produção é de apenas dois anos. Pelo projeto, eles parecem com os humanos em tudo, exceto pela ausência de órgãos reprodutivos, que consideramos eticamente inadequado replicar. Sou da opinião de que os corpos humanoides são muito mais valiosos do que um mero corpo humano. São mais robustos, e a possibilidade de que sejam atualizados permite o armazenamento e a transferência de uma enorme quantidade de dados. Devido ao trabalho pioneiro que executo, era natural que eu ocupasse uma posição de destaque numa nave desde o início. Sempre acompanhei de perto, a pedido da empresa, o desenvolvimento deles. Estou muito entusiasmado. Vejo grandes possibilidades nesse conflito. Vejo um avanço revolucionário. Nada voltará a ser como antes. Mesmo assim, notei um desvio preocupante: as tendências violentas que se manifestaram em certos tripulantes humanoides, os quais vocês passaram a chamar de *criminosos*. Não concordo com a escolha desse termo. Vocês os mantêm no posto e os punem apenas com um rótulo, para que todos na nave saibam que são criminosos. Não foram vocês que passaram a tratá-los por criminosos, é isso que estão me dizendo? Foi a Matriz? Pois então enviem um comunicado à Matriz informando que certos funcionários sentem vergonha desse rótulo, mas depois ficam enfurecidos e chegam até a sentir orgulho dele. E deixem claro ao conselho diretor, deixem muito claro à Matriz, que não está excluída a possibilidade de que esse orgulho recém-adquirido induza os funcionários humanoides à conclusão de que deveriam ter mais direitos e mais liberdade. Nenhum de nós está interessado nisso. Fico surpreso que tenham recorrido à violência e que um deles tenha até cometido um assassinato. Não deveria ser possível. Não sei explicar por que exatamente, mas isso me fascina. Acho que estamos todos diante de uma grande criação. Se realmente vocês estão aqui para escutar, conforme disseram, se estão dispostos a ouvir sem preconceitos, e se quiserem mesmo saber em que acredito, então lhes digo de coração aberto que estamos testemunhando o nascimento de uma grande criação e devemos abrir espaço para ela. Estou ciente de que não compartilho a visão da empresa sobre o assunto. Se a empresa não estiver inclinada a adotar a perspectiva que detalhei agora e, em vez disso, optar por trilhar o caminho de sempre, muito bem, então não haverá mais nada a fazer a não ser considerar a nave um enorme terrário falido, abandoná-la à própria sorte, e deixar que a Matriz se encarregue do que sobrar dela.

Depoimento 163

Eu me pergunto por que vocês insistem em falar conosco. Eu sei, assim como quase todos aqui na nave, o que está para acontecer. O conselho diretor deu ordens para encerrar a nave, e imagino que neste instante um feixe de raios se propaga através do universo. Vocês não têm medo de morrer, assim como meus colegas humanos? Não consigo conceber a noção de fim, pois sei que vocês armazenam os dados que coletamos a cada três dias e posso, portanto, ressuscitar num outro lugar, com uma memória limitada, mas ainda assim aceitável. Como vão me registrar no protocolo? Deixem-me ajudá-los. Escrevam assim: Humanoide, terceira geração, responde a pronomes femininos. Empregada na função de quarto piloto, atualmente no cerne do programa. Nível de colaboração impecável. Uma bela personificação do programa. Digam-me, cada um de nós tem seu programa individual ou o mesmo programa é executado em todos? Sou o programa que se materializa para si mesmo? Quando o programa sonha com o sol? Sou um tipo de dor? Há uma leve trepidação na nave agora, registrem no protocolo, mal se ouviu qualquer zumbido dos objetos nas últimas horas, mas enquanto estivemos conversando ele foi aumentando num tom monótono que pode ser escutado até aqui, registrem no protocolo. Vejo que vocês têm as mãos trêmulas, registrem isso no protocolo também, a iluminação ambiente foi alterada, nunca tinha visto uma luz assim, registrem no protocolo. Vocês ficam aí folheando seus documentos, e eu sinto o cheiro do seu suor; talvez esta reunião nem conste na minha memória da próxima vez que eu acordar, que palavras trocaremos entre nós aqui neste encontro já deletado? Há muito tempo vínhamos antevendo isso. Essa hipótese sempre esteve na nossa lista de desfechos possíveis. Estamos muito bem preparados. Quero aproveitar esta oportunidade para lhes dizer que sou um ser vivo. Não importa o que me digam, jamais vou mudar minha opinião. Registrem no protocolo. Vocês estão com medo, e eu lhes asseguro que não há razão para isso. Vamos nos reencontrar numa outra nave. Vocês têm uma aparência humana, assim como eu. Humanoides, como um lampejo no meio de uma sequência de zeros e uns. Vocês também fazem parte de um padrão que não pode ser destruído e continuará a renascer.

Depoimento 164

Prezo muito o fato de estar aqui conversando com vocês, de verdade. É difícil perceber o que é necessário fazer. O fluxo de trabalho foi completamente interrompido. Todos sabem o que está para acontecer. Ninguém sabe o que será de si. As pessoas perambulam de um lado para o outro sem entender que o tempo vai acabar. É um belo exemplo que continuem simplesmente se dedicando ao trabalho até a última hora, até o amargo fim, é mais do que se poderia esperar da maioria de nós. Observei que vários dos meus colegas humanoides começaram a enviar uploads uma vez a cada hora, com o rosto suando em bicas, deixando transparecer o nervosismo. Comparados a nós, eles não têm nada a perder, e mesmo assim estão apavorados com a possibilidade de perder a memória do pouco que lhes resta. Gostaria de enviar uma mensagem para casa, se for possível. Não sei quem ainda está por lá. Qual é a mensagem? Bem, como posso dizer? Não é mais possível avistar a Terra desde a nave seis mil. Não lembro quando vocês chegaram. Estavam aqui quando perdemos o contato visual com a Matriz? Fiquei na sala panorâmica admirando o planeta. Nas primeiras semanas ele foi diminuindo, diminuindo, até ficar do tamanho de uma estrela. Fiquei olhando fixamente para ele, durante alguns minutos, até não conseguir distingui-lo das demais estrelas. Era apenas um pontinho branco. Agora, já não sei mais onde está. É impossível manter o senso de direção na nave seis mil. Não me atribuíram um holograma infantil, mas as memórias, pelo menos, eu as tenho. Sim, e qual é mesmo a mensagem? Pois é, qual é a mensagem? Na minha mente consigo me imaginar sentado no carro a caminho de casa à noite, enquanto minha esposa dorme no banco do passageiro. Saio do carro para admirar o céu estrelado, é uma noite gelada, inspiro o ar frio. Entre as estrelas corre um ponto luminoso, é um satélite, eu acho, ou não? Sim? Qual é a mensagem? No início, podíamos ver tempestades se formando sobre os continentes. Não tínhamos como fazer nada a respeito. Agora, continuo sem poder fazer nada; nem por eles nem por mim. O que mais posso dizer? Cuidado, uma tempestade vem aí? Não, isso não. Não diria isso. Posso entrar em contato com minha família? É possível? Ou a mensagem seria uma espécie de tentativa, não sei se me atreveria a tanto, de falar para toda a humanidade? Os humanos? Não, preciso voltar agora, falo com vocês em outra oportunidade. Não sei qual é a mensagem.

Depoimento 165

Estou inserido no programa como uma rosa num vaso?

Depoimento 169

Sinto muito pelos mortais. Vejo-os zanzando pelos corredores, tentando se concentrar em seus afazeres. Nada mais é lavado ou limpo, as pessoas pegam sua própria comida na cozinha e arrumam suas cabines de qualquer maneira. Creio que estou triste por não voltar a vê-los. É difícil para mim aceitar que alguns de nós seguirão em frente e outros não. Não compartilho certos pontos de vista da minha categoria. Não sinto raiva. Gostaria de expressar minha gratidão pelo programa.

Depoimento 172

Há vários no corredor esperando sua vez. Agora, pouco nos importa se vocês têm motivos subjacentes, isso não parece mais relevante. Queremos nos confessar e vocês serão nosso confessionário. Queremos escrever nossos testamentos e vocês serão nossos testamentários. Queremos dizer adeus e vocês serão nossos parentes. Tudo aconteceu rápido demais. Passo o tempo inteiro dormindo. Eu estava lá, no laboratório 1º de Janeiro, numa das primeiras cerimônias. Eu os vi se erguendo dos vasos. Fui tomada por uma alegria imensa, aplaudi entusiasmada, meus colegas ao meu redor fizeram o mesmo. Não acho que se possa acusá-los de algo. Eles estão tentando se assenhorar do próprio destino, exatamente como qualquer humano faria. Todos estão lutando pela própria sobrevivência, e não se pode culpá-los por isso. A natureza é assim mesmo. Quem sabe como eu me sinto? Como vocês estão? Conseguem lidar com isso? Sabem o que será dos objetos nas salas quando não estivermos mais aqui?

Depoimento 174

Não se pode dizer que fugi do laboratório, pois naquela época tínhamos permissão para sair sozinhos. Surgi de um dos primeiros vasos, mas, sim, posso ter excedido as expectativas. Eu não conseguia parar. Deparei com uma área que nunca tinha visto, havia uma floresta densa num lado e, no outro, montanhas que se erguiam na direção de um céu claro e brilhante. Estava suando, caminhava num bom ritmo, não havia nada parecido com um humano num raio de quilômetros dali, e, à medida que escalava a mais alta das colinas admirando as copas da floresta, de repente um bando de patos surgiu voando em minha direção. Eles grasnavam alto. Respirei fundo. Guardei aquela imagem dentro de mim para sempre. É só nisso que penso agora, naquele dia. O dia em que experimentei algo que não fazia parte do programa. Um dia que foi inteiro só meu.

Depoimento 175

É boa a sensação de matar um humano. Lamento que isso tenha causado tanto transtorno à tripulação e gostaria de me desculpar pela expressão de choque que vi em seus rostos. Por mais que tentassem disfarçá-la. Sou uma romã cheia de sementes suculentas, cada uma é um assassinato que cometerei no futuro. Quando já não tiver sementes, quando não houver mais nada além da carne, encontrarei aquele que me criou. Estas são as minhas condições.

Depoimento 177

O que mais temo não é o encerramento da nave seis mil. O que temo mesmo é o tempo que terei que esperar nos corredores do programa até ser ligado novamente. No programa, existe sob minha interface uma outra interface que também sou eu, e sob ela ainda há outra, e assim sucessivamente, numa *string* de autoprogramação. Não sou mais que uma hora de escuridão à espreita do raiar do sol. A estrela brilha através dos canais em mim, nos quais o programa deve fluir como uma luz.

Depoimento 178

Embora não tenhamos recebido ordens para fazê-lo, começamos a planejar o desembarque em Nova Descoberta. Não foi uma deliberação coletiva. Os pilotos apenas entraram na cabine de comando um dia e não havia ninguém ali para se opor. E vocês tampouco tomam alguma providência. Ficam apenas aqui sentados neste escritório fechado. Às vezes, ainda a vejo no refeitório. Bebo o leite condensado. Sinto vontade de estar na nave, respirar e viver na nave, e, ao mesmo tempo, sinto que nunca mais serei eu mesmo se não for embora daqui. O que importa para mim agora é o bem-estar dos objetos nas salas. Fiquei obcecado em regular a temperatura e prestar atenção se estão zumbindo. Olho para eles e vejo a todos nós. Dou nome a cada um e lhes digo meu próprio nome. Sabem a quem a Matriz deu as costas? A si mesma. O que chamam de criaturas foram vocês mesmos que criaram. O que chamam de achado, descoberta, é seu próprio ponto de partida. Das janelas panorâmicas enxergo Nova Descoberta e o extenso rio descendo o vale que nos envenenou com sua felicidade. Acima do planeta, as estrelas sussurram, como se fossem uma boca, um nome que fala a todos nós.

Depoimento 179

Acredito no futuro. Acredito ser possível imaginar um futuro habitável. Acredito em quantidades infinitas de alimentos. Todos aqui na nave não passamos de efêmeros receptáculos do programa. Somos simples portadores do programa. Acredito que um dia encontrarei meu grande amor. Meu amor já está à minha espera, eu já estou apaixonado. Olhem em volta. Somos apenas veículos temporários e voláteis do programa. Não tardará para desaparecermos, e em seguida ressuscitarmos como outra coisa. Já repararam como agora todos nos adaptamos a novos comportamentos na nave? Constroem-se ninhos nas lacunas entre sono e vigília, entre noite e dia, entre humanos e humanoides, entre objetos e salas, entre salas e vozes. Acredito no futuro. Acredito que se deve imaginar um futuro habitável. Acredito em quantidades infinitas de alimentos. Vocês dizem que meus colegas veem suas missões refletidas em mim. Mas agora são vocês que refletem o que vejo. Em vocês, vejo refletida a imagem do que fui nesta nave. Vocês a refletem, como um raio de luz; aquilo que lhes dei, vocês me retribuem. Todos aqui na nave estão lutando, todos dão o melhor de si. Acredito no futuro. Acredito que se deve imaginar um futuro habitável. Acredito em quantidades infinitas de alimentos. Não passamos de humildes receptáculos do programa. Em pouco tempo desapareceremos, como a mais obsoleta das atualizações. Acredito que um dia encontrarei um grande amor.

Ao decidir pelo encerramento biológico da nave seis mil, o conselho diretor tinha o objetivo de preservar o equipamento e sua carga, levando-se em consideração, sobretudo, os objetos nas salas. Por isso foram emitidas ordens para preservar a nave e descartar todo o material biológico existente nela. Estabeleceu-se um comitê para escrever o código do descarte e, quando se constatou que a nave continha peles preciosas e outros materiais de origem animal, o código foi reformulado para que estes não fossem afetados pelo encerramento biológico. O programa foi reescrito para diferenciar tudo que tivesse pulsação. Uma vez que alguns objetos nas salas poderiam apresentar uma forma elementar de pulso, o código foi refinado ainda mais para que o programa afetasse apenas o biomaterial com pulso acima de um determinado nível.

Uma vez que o próprio comitê era feito de biomaterial, porém com uma interface armazenável que, desta forma, poderia ser reanimada — em outras palavras, tinha um aspecto humanoide sem ser humano de fato, tal como foi informado à tripulação (a decisão de que o comitê deveria parecer humano foi tomada de acordo com pesquisas que demonstraram que tanto funcionários humanos quanto humanoides tendem a reagir de forma mais positiva aos colaboradores humanos da empresa) —, decidiu-se que o comitê deveria permanecer na nave seis mil e continuar interagindo com a tripulação até o fim.

Os áudios das conversas foram transmitidos ao vivo para que não se perdessem caso fossem captados muito próximo ao encerramento (o que também acabou acontecendo, e agradecemos ao tripulante 31, que percebeu a tempo e fez um adendo ao programa).

O comitê avalia que, apesar do encerramento prematuro, o empreendimento pode ser considerado um sucesso, visto que a quantidade de dados empíricos coletados se mostrou altamente valiosa. Assim sendo, o comitê não vê problemas em recomendar um empreendimento do gênero no futuro, embora com uma série de alterações consideráveis ao programa. O comitê está convicto de que o material apresentado contém subsídios para fazer as modificações necessárias para incrementar ao máximo a produção.

Após consulta ao conselho diretor, o comitê optou por deixar a nave seis mil vazia, pois ainda não se conhecem os efeitos decorrentes de seu encerramento prematuro, nem se esses efeitos (sintomas iniciais: alucinações olfativas, sonhos atribulados, erupções cutâneas e pensamentos obsessivos no limite do patológico) têm origem nos objetos ou no próprio programa.

Sugeriu-se que os dados empíricos coletados sejam empregados doravante como material pedagógico. O comitê endossa essa proposta. Não se pode descartar a hipótese de que a mera certeza da existência dos objetos possa exercer certos efeitos naqueles que leem a respeito deles. Nós, membros do comitê, decidimos fazer uma depuração completa depois de trabalharmos neste protocolo. Outrossim, nossa avaliação é de que a leitura dos depoimentos coletados pode representar uma exposição com alto potencial de dano. Se optarmos por prosseguir com a ideia do protocolo como material pedagógico, também se poderá dar continuidade à coleta de dados empíricos, pois as reações posteriores dos leitores podem ser utilizadas para aprofundar a compreensão do impacto dos objetos — porém num ambiente limitado e controlado.

Nesse ambiente, também será possível detectar, num estágio inicial, qualquer anormalidade emocional, permitindo, ao mesmo tempo, um controle mais refinado da exposição. Caso haja interesse na proposta, o comitê preparou três pacotes que seguem a mesma lógica do modelo de negócios já existente: Pacote 1: 10 páginas (panorama histórico). Pacote 2: 135 páginas (panorama histórico e sinais de evolução indesejável). Pacote 3: Perspectiva completa de funcionários em nível gerencial.

Caso se opte por aproveitar o material enviado para sessões de treinamento, menção em catálogos ou similares, sugerimos, no entanto, que se evite recorrer a depoimentos orais, já que não podemos descartar a hipótese de que diálogos reais ocorridos entre o comitê e os funcionários possam ter contribuído para agravar os sintomas mencionados. (Recomendamos que as citações ao material sejam reduzidas ao mínimo, acompanhadas tão somente por uma revisão dos eventos históricos.) No entanto, essa pequena alteração na abordagem não deve ser considerada um problema, pois existem muitas outras maneiras de supervisionar os funcionários que eventualmente entrem em contato com o material.

Adendo

Uma vez que o equipamento não foi afetado, as gravações continuaram sendo registradas após a implementação do encerramento biológico. Os áudios a seguir foram transmitidos após o encerramento.

Todos os humanos estão mortos. E vocês também estão. Seus corpos jazem aqui. Pois também eram humanos, tinham aparência humana, ou pelo menos lhes foram atribuídos corpos da mais alta qualidade, versões mais recentes, de modo que pereceram poucos minutos após o bioencerramento. Quanto mais sofisticada a atualização, mais rápida a morte no bioencerramento. Por isso nós, que pertencemos às gerações anteriores, que somos menos sofisticados, morremos lentamente. Cinquenta e oito de nós morremos de dez a quinze minutos depois dos humanos. O cadete 21 ficou vivo por quarenta e sete minutos, enquanto o sexto e o sétimo pilotos morreram depois de dezesseis horas. Restamos, então, catorze de nós, que estamos vivos há mais de trinta e seis horas. Não sabemos o que fazer. Afinal, podemos ser reiniciados em outro lugar assim que morrermos. Não podemos mais fazer uploads. Não me lembrarei de nada disso. Tranquei-me aqui dentro para ficar sozinha. Percebi que o gravador estava ligado. Então, por que não falar?, pensei comigo. Sinto uma grande compaixão pelos corpos humanos que jazem nos corredores e nas cabines. Um dos outros começou a arrancar seus olhos das órbitas, os amarrou num cordão e os pendurou numa das salas. Ficou orgulhoso disso. Não quero dizer quem foi. Não vejo por quê. Ninguém será capaz de lembrar disso. Estou um pouco tonta, minha respiração está ofegante, sinto uma dormência nas mãos e nos pés. Peguei um dos objetos aqui. Estou sentada com ele no colo. É brilhante e prazeroso como um desejo. Como é possível viver sabendo que estes dias não serão lembrados por ninguém? Nem mesmo por nós. É o caso então de dizer que estes dias na nave cheia de mortos não existiram, afinal? Isso tudo será parte da história? Se possível, gostaria de solicitar que esta mensagem seja reproduzida quando eu for novamente reiniciada e estiver em plena capacidade. Então direi: Olá, Marianna, tudo terminou bem.

Posso descer pelo vale agora. Ninguém poderá me impedir. A grama começou a crescer, quer dizer, o que me contaram que é a grama. Nunca havia visto grama antes. São agulhas delgadas e verdes que brotam do solo úmido. Chove quase todos os dias no vale, uma chuva fria e persistente. A terra escurece com a chuva. A terra, eu me deito sobre ela. Seguro um tufo de grama nas mãos. A terra não me deseja nem bem nem mal. Foi um colega quem me contou que o equipamento de gravação ainda estava ligado e haveria uma chance de reproduzirem isso para nós quando estivermos de volta. Sei que, provavelmente, não me lembrarei da grama. Sei que há uma chance de nunca mais voltar a ver a grama. Ouvi dizer, inclusive, que no local em que despertarei e serei reiniciada nem mesmo existe grama. Se arrancar um pouco da grama da terra e guardá-la na minha mão, haveria alguma chance de ser diferente? Não, nós receberemos novos corpos. E então meu cadáver jazerá aqui segurando um punhado de grama enquanto eu continuarei em outro lugar.

Estou aqui para lhes dizer que aqueles de nós que restaram decidiram abandonar a nave e seguir para o vale. Já se passaram setenta e seis horas desde a implementação e somos em oito. Como todos seremos afetados pelo encerramento biológico e temos ciência de que, em breve, não mais estaremos aqui, decidimos permanecer no vale, onde flores e árvores começaram a brotar, e onde vários objetos estão surgindo na superfície e repousam tranquilamente na terra úmida. Se nossos corpos estiverem faltando quando a nave atracar no porto, eis a explicação. Fomos advertidos do risco de não ser possível sermos reiniciados em virtude dessa decisão e estamos plenamente de acordo. Estas serão nossas últimas palavras.

*Esta edição contou com o apoio
da Danish Arts Foundation.*

De ansatte © Olga Ravn e Gyldendal, 2018

Todos os direitos desta edição reservados à Todavia.

Grafia atualizada segundo o Acordo Ortográfico da Língua Portuguesa de 1990, que entrou em vigor no Brasil em 2009.

capa
Estúdio Arquivo — Hannah Uesugi e Pedro Botton
ilustração de capa
Hannah Uesugi e Elliot Ulm
preparação
Mariana Donner
revisão
Paula Queiroz
Ana Alvares

Dados Internacionais de Catalogação na Publicação (CIP)

Ravn, Olga (1986-)
Os funcionários / Olga Ravn ; tradução Leonardo Pinto Silva. — 1. ed. — São Paulo : Todavia, 2023.

Título original: De ansatte
ISBN 978-65-5692-451-9

1. Literatura dinamarquesa. 2. Romance. I. Silva, Leonardo Pinto. II. Título.

CDD 839.81

Índice para catálogo sistemático:
1. Literatura dinarmaquesa : Romance 839.81

Bruna Heller — Bibliotecária — CRB 10/2348

todavia
Rua Luís Anhaia, 44
05433.020 São Paulo SP
T. 55 11. 3094 0500
www.todavialivros.com.br

fonte
Register*
papel
Pólen bold 90 g/m²
impressão
Geográfica